出版禁止　女優　真里亜

長江俊和

新潮社

出版禁止　女優　真里亜▼目次

出版禁止　女優　真里亜

出版にあたって

演じるということ――

それは神を喜ばせることがはじまりでした。

元来、芸能とは、原始宗教における儀式から生まれたといわれています。それが舞踏や演劇に発展し、神楽《かぐら》や能・歌舞伎と変化していきました。演技とは、観客のためではなく、神に捧げるために行われたというのです。


これは、ある一人の女優を追ったルポルタージュです。


二人のジャーナリストが取材した、三つのルポルタージュを編纂《へんさん》して構成しました。

本書は、ある事情で一度出版が中止されたという経緯があります。私は当初、出版社に勤務しており、この本の制作に携わっていました。出版が取りやめとなった理由は、当時の上司から、取材の裏取りが不十分であることや、タレントとはいえ、著しくプライバシーへの配慮に欠けた記述がある、などの指摘があったからです。しかし、それらは飽くまでも表向きの理由でした。

出版が止められたのは、関係者の間でまことしやかに噂されているように、某大手芸能プロダクションの圧力があったからにほかなりません。

その後、私は出版社を退職し、フリーランスの編集者としてルポの原稿を出版すべく奔走《ほんそう》しました。そして、多くの方々の助力を得て、出版にこぎ着けたという次第なのです。

本書に登場する女優は、世間的にはあまり知名度が高くない人物です。これまで彼女を取り上げたルポルタージュで、世に出たものは一つしかありませんでした。この本ではさらに、別のジャーナリストによって独自に取材された二つのルポルタージュを収録しました。

なぜ、あまり有名ではない女優を取材対象者として取り上げたのか。そしてなぜ、出版が中止されたのか。それは、最後まで読んでいただければ、分かるはずなのです。


なお、文中に登場する人物や会社名は、一部を仮名とすることにしました。また原則として本文中の敬称は省略しています。

また近年では「女優」を「俳優」と表記するのが一般的ですが、取材当時の時代背景を考慮して原文のまま表記しました。ご了承ください。

ルポルタージュ1

「夢の途中――筧真里亜という女優を追って――」

WEBマガジン「エンタメジャーナル」二〇一六年八月号掲載

取材・文　高柳みき子

二〇一六年五月九日

「真里亜《まりあ》さんにとって、演じるとはどういうことですか？」

「演じることですか……」

　長いまつ毛がわずかに揺れた。視線を外し、質問の答えを考えている。その様子を眺めながら、答えを待った。繊細な光を宿した瞳を私に向けると、彼女のしなやかな唇が動いた。

「私にとって演じるということは、自分ではない人間になることなのかもしれません。自分とは違う性格、違う考え方、違う人生……。そんな人間になれるから、女優をやっているんだと思います。私、嫌いなんです。自分という人間が……」

「どうして嫌いなんですか。とても素敵な女性だと思いますよ」

「素敵な女性なんかじゃありません。最悪なんです。何の取り柄もないし、臆病で、卑屈だし……。いつも思っているんです。なんで、自分なんか生まれてきたのかって。だから、この仕事に出会えて、本当によかったと思っているんです。どんな小さな役でも、楽しいんです。自分じゃない自分になれるから」

　そう言うと彼女の顔には、はにかむような笑みが浮かび上がった。

　不思議な個性を持った女性である。胸の下あたりまで伸びた、漆黒の髪。すらりとした体軀《たいく》。

ヴィンテージ風のデニムに白シャツの、シンプルなファッションの彼女。切れ長の大きな二重瞼《ふたえまぶた》の目に、形のいい唇。顔だちは人形のように整っていて、肌は絹のようにきめ細かい。取材慣れしていないのか、ほのかに上気した頬が初々しい。そんな素朴な感じが、私のような女性までも魅了する雰囲気があるのだが、それだけではない、目には見えない、独特のオーラのようなものを身にまとっている。

彼女の名前は筧《かけい》真里亜。年齢は二十五歳。職業は女優。

とはいえ、筧真里亜という名前を聞いたことがないという方がほとんどではないだろうか。これまで彼女は、大きな役に恵まれたことはなく、ドラマや映画に出演しても、役名のない脇役の類がほとんどであったという。だが、それにもめげず、地道にここまで頑張ってきた。

「女優になろうと思ったきっかけはなんだったんですか?」

「そうですね……。幼いころから女優という仕事に興味がありました。知人がそういうことをやっていた時期もあって、よく話を聞いていましたので。でも、自分なんかが女優になれるとは夢にも思ってなくて……」

「いえ、そんなことはないですよ。でもどうして、本格的に女優の道を目指そうと思ったんですか?」

「妹です。妹が強く、背中を押してくれたんです。お姉ちゃんは絶対、女優になった方がいいって」

「妹さんが? ご姉妹《きょうだい》がいらっしゃるんですね」

「そうです。妹と姉がいます。私は三姉妹の次女なんです。いつも二人は私を応援してくれるんです」

そう言うと彼女は、アールグレイが入っているカップを手に取った。

取材を始めて十分ほどが経っていた。都内にあるカフェの個室スペース。初夏のある晴れた日の午後。時刻は四時を回っている。窓から差す陽の光は、少し赤みを帯びていた。

それにしても魅力的な女性である。初対面ながら、私は一目で彼女に惹きつけられた。これまで売れていなかったのが不思議なくらいだ。ちなみに彼女は事務所に入っておらず、個人で活動しているという。大きなタレント事務所に所属したら、女優として大成する可能性は高いと思う。

「筧真里亜さんという名前、素敵ですね。こちらは芸名ですか？」

「いえ、本名です」

「どうして真里亜さんは、事務所に所属していないんですか？　フリーでやっていると、何かと大変でしょう」

「ええ、以前は事務所にいたこともあったんですけど、なかなか上手くいかなくて。私、仕事もあまりなかったので、ご迷惑かけるのも悪いと思って、やめました。でも一人でやっている方が性に合っています。気楽でいいですよ」

少し緊張がほぐれてきたのか、屈託のない表情で笑みを浮かべる。

筧真里亜を取材することになったのは、知人からの紹介である。その人物は、以前私がテレビドラマのスタッフとして働いていたとき、お世話になった助監督だった。現在は、プロデューサーとしておもに劇場用映画の制作に携わっている。私が女優についてのルポルタージュを書いてみたいと相談すると、彼女のことを教えてくれた。

私が女優に興味を持ったのは、ライターになる前の、映像業界で働いているときからだった。女優とはいかに大変な職業であるか、ドラマのスタッフとしてその姿を目の当たりにしていたからだ。

華やかな女優という仕事。

成功するのは、選ばれたほんの一握りの人だけである。ただ見た目がいいというだけでは、充分ではない。演技力が備わっていないと、決していい役は巡ってこない。

演技が上手くなるためにはどうすればいいのか？　もちろん、生まれつきの素養を持っているものはいいだろう。そうでなければ、演技レッスンを重ねたり、独自に研鑽《けんさん》を積んだりして、懸命に努力する。でもいくら努力しても、必ずしも上達するとは限らない。よしんば、演技が上手くなっても、誰もが女優として成功できるわけではない。容姿が良くて、演技力があっても、売れない女優が大半なのである。

もちろん、大手芸能事務所に所属していれば、チャンスに恵まれる可能性は高い。だが、その大手事務所に入るのは、簡単なことではない。何の実績もない人間は、オーディションに勝ち抜くなどして、マネージャーらの目に留まらなければならない。それに運良く大手芸能事務所に入れたとしても、絶対に成功するとは限らない。

そして女優として売れたとしても、そこからがまた大変なのだ。主役を張るような女優になったら、過酷な日々が待ち受けている。主演となれば、ほかの俳優に比べて出番が多いのは自明の理だ。連続ドラマなどは、スケジュールに余裕はなく、早朝から深夜まで収録が続けられる。撮影が終わり、夜遅くに帰っても、すぐ寝るわけにはいかない。翌日分の台詞を覚えなければならないからだ。睡眠時間はほとんどなく、朝はまだ日が昇る前に起きて、撮影場所に向かう。メイクアップのために、開始時間の一時間ほど前には現場に入らなければならない。そんな生活が、数ヶ月以上も続くのである。一年間で、連ドラに何本も出ている女優などは、生活のほとんどを撮影現場で過ごしているといっても過言ではない。その過酷な状況のなかで、体調を管理して、健康を保ち続けなければならない。万が一身体を壊して、撮影に穴を空けたら一大事である。スタッフには代わりがいるが、俳優は替えが利かない。一日撮影を中止すると、数十万から数百万単位の制作費が飛んでしまうからだ。

健康に留意するのは、美容のためでもある。食生活にも注意して、容貌を損なわないようにしなければならない。体調管理は、女優の最も重要な仕事の一つである。だから撮影現場にいるときは、彼女らのアスリートのようなストイックさに驚嘆していた。同じ女性として、尊敬の念を禁じ得ない。一見華やかで憧れの対象であるのだが、その裏側には、類い希《まれ》な努力があるのだ。

それで女優について興味を持ち、彼女たちのルポルタージュを書きたいと思った。私の取材意図を聞いて、真里亜は言う。

「でも私なんかまだ、女優としては駆け出しですし、主演なんかしたことがないので、取材してもあまり面白くないんじゃないですか」

「そんなことはないですよ。あなたみたいに、夢に向かって努力している人の話も聞きたいと思っているんです。それに、真里亜さんが有名になったらみんなに自慢できるでしょ」

「そうなれるように努力します」

「真里亜さんの夢は何ですか？」

「夢ですか……。もっと演技が上手くなって、早く女優として認められることです。月並みですけど。それと、違う自分に生まれ変わって、もっと前向きな人生を送っていきたいです。もちろん女優の仕事が大変なことは分かっています。でも、私はそれに挑戦したい。いい演技をして、多くの人を感動させたいんです」

目を輝かせて語る真里亜。彼女は言葉を続ける。

「私の家庭は、あまり裕福ではありませんでした。子供のころに母は父と離婚して、私たち姉妹は女手一つで育てられたんです。そんな母も、私が小学生のときに亡くなりました。それからは、私たちは親戚のところを転々としました。だから、姉と妹のためにも、私は頑張りたいんです」

「そうなんですか……。大変だったんですね」

「私は母が大好きでした。だから天国の母のためにも、一日も早く女優として認められるようになりたいと思っています。そして、家を出て行った父にも、その姿を見てもらいたいんです……。私は父のことも嫌いではありませんでした。私の記憶のなかに残る父は、とても優しい人だったので」

高校生のころから、女優を目指して活動を始めたという真里亜。高校を出ると、アルバイトと掛け持ちで、オーディションを受け続ける日々。しかし、選ばれることはなく、気がつくと二十代の半ばに差し掛かっていた。女優という仕事は、歳を重ねるに従いチャンスは減っていくものだ。でも夢を諦めたくはなかった。

だが先月、そんな彼女に朗報が届けられた。ある映画のオーディションに受かり、主役に抜擢されたというのだ。

「私自身も驚いています。まさか、こんな夢みたいなことがあるなんて」

「それは、どんな内容の映画なんですか」

「実際に起きた事件をもとにした映画です。まだ情報公開前なので、くわしいことはあまりお話しできないのですが」

　彼女によると、その映画は単館公開の作品なのだという。実はその作品のプロデューサーが、先述の真里亜を紹介してくれた人物だった。彼女が主役に決まったので、取材するには丁度いいのではないかと、提案してくれたのだ。

「応援しています。頑張って下さい」

「ありがとうございます。精一杯、自分にできることをやりたいと思います」

「もし迷惑でなければ、これからも会っていただくことは可能でしょうか？　真里亜さんの女優としての活動を取材したいのですが」

「もちろんです。私もいろいろと不安なことがあるので、相談に乗っていただければ有り難いです」

　清々しい笑みを浮かべて、彼女は言う。

　それにしても、筧真里亜という女優は素晴らしい逸材なのではないか。彼女のことを表現するのに、どんな言葉が相応しいだろうか。

　清楚、素朴、透明感、純粋……。

　月並みな言葉しか浮かび上がってこない。彼女が醸し出している、まるで絵画から抜け出してきたようなえも言われぬ雰囲気を、どう言い表せばいいのか。物書きの端くれであるのに、自分が歯がゆくてならない。そんな気持ちにさせるほど、真里亜は魅力のある女性なのだ。きっと彼女は、男性はもちろんのこと、同性からも好かれる女優になるに違いない。

取材が終わり、同行していたプロデューサーの時澤弘《ときざわひろし》（仮名）に感謝の意を述べた。時澤は、先ほど述べた、真里亜を紹介してくれた人物である。まだ三十代半ばではあるが、Tシャツにジャケットを羽織った、映画青年といった風貌だ。「今後も取材を継続したい」という希望を告げると、時澤は言う。

「それはこちらも有り難いです。どんどん取材してください。映画の宣伝にもなりますから」

「撮影が始まったら、何度か現場にお邪魔したいと思うんですが、よろしいですか？」

「もちろん大丈夫です」

「映画は実話をもとにした内容だということですね。どのようなお話なんでしょうか？　教えてもらってもよろしいですか」

「分かりました。もうすぐ印刷が上がるから、シナリオを送りますよ」

私は声を弾ませて言う。

「いいんですか。ありがとうございます。真里亜さんがどんな映画に主演するのか、とても興味があるので」

二〇一六年五月十三日

四日後、時澤から宅配便が届いた。

封を切ると、なかには刷り上がったばかりと思しき、一冊の真新しいシナリオが入っていた。皺の模様がある紫の表紙に、黒文字のゴシック体で映画の題名が記されている。

「殺す理由」

表紙をめくると、制作者やプロデューサー、脚本家、監督などの主要スタッフの名前が続いている。スタッフが終わると出演者のページになる。最初のページの真ん中に、真里亜の名前が堂々と記されていた。

「吉川凜子《よしかわりんこ》（二十八）……筧真里亜」

それを見て、なんだか嬉しくなった。彼女とは一度会っただけだが、我がことのように誇らしく思う。期待に胸を膨らませ、シナリオを読み始める。


主人公の吉川凜子は、大手不動産会社の経理部に勤めている。朝九時に出社し、昼には同僚とランチに出かけ、定時に退社する毎日。勤務態度も真面目で、どちらかというと大人しい印象の女性である。だが、それは飽くまでも表の顔だった。退社すると、人知れず夜の街に向かう凜子。街頭に佇み、客を待っている。声を掛けてくる男と交渉し、ネオン輝くラブホテル街へと消えていった。彼女はいわゆる「立ちんぼ」といわれる売春を行っている。

そんな彼女の日常を、物語は淡々と描き出している。職場での様子。同僚との何気ない会話。頻繁に声をかけてくる、後藤《ごとう》という上司。後藤は妻子持ちにもかかわらず、凜子を口説こうとしている。彼女には、永田《ながた》道雄《みちお》という恋人がいる。道雄は、ＩＴ会社に勤めている一つ年下の男性。

一年前、知人に誘われて参加したパーティーで知り合った。交際は順調で、彼から結婚を申し込まれている。

仕事が終わり、凜子は今日も夜の街へと向かった。一人の男が声を掛けてくる。四十代のサラリーマン風の男だ。金額の交渉がまとまり、二人は近くのラブホテルに向かう。部屋に入ると、会話もそこそこに、男は凜子をベッドに押し倒した。口づけを交わし、彼女の服を脱がせ始める男。されるがままの凜子。その目は死んだ魚のように、意思が失われている。男は自分も服を脱ぎ、行為を続けようとする。

だがそのとき、凜子が悟られないように手を伸ばした。傍らに投げ捨てられた、彼のネクタイを握りしめる。そして、夢中になって自分の身体に貪りついている男の首に、巻き付けたのである。一気に締め上げる凜子。苦悶の表情を浮かべる男。必死の形相で凜子を見て、何か言おうとするが、うめき声が漏れるだけで言葉にならない。男の顔は、みるみるうちに紅潮していく。手足をじたばたさせて、必死に抵抗するが、凜子は両手に込めた力を決して緩めようとはしない。やがて彼は力尽き、動かなくなった。はあはあと息を弾ませながら、男が息をしていないことを確認する凜子。そのままじっと、遺体を見ている。

翌日、何事もなかったように出社する彼女。電話の取り次ぎ、書類の整理、同僚や上司との会話……。いつもと同じ日常である。だが数日後、彼女は再び、ホテルの一室で男の命を奪う。殺害を繰り返していく凜子。なぜ彼女は犯行を続けるのか。その理由が明かされないまま、物語は進んでいく。

次々と、ホテルの一室で発見される男性の絞殺遺体。警察は捜査を続けるが、凜子にたどり着くことはできない。だがある日、一人の男性が彼女の行動に疑問を抱く。凛子の恋人の道雄である。仕事帰りの彼女を尾行し、売春の事実を知ったのである。目の前の光景が信じられない道雄。なぜ凛子はこんなことをやっているのか？

道雄は彼女を自分の部屋に呼び、問い質した。凛子は素直に売春していたことを認め、涙ながらに弁明する。

「ごめんなさい。ごめんなさい……」

だが道雄は知らない。彼女が恐るべき連続殺人鬼であることを……。

「すべてを忘れて、やり直そう」

そう言うと彼は、凛子を抱きしめた。売春の事実を知っても、彼女を愛し続けようとする道雄。裸になって、肌を重ねる二人——

行為の後、凛子は隣で寝ている彼を起こさぬように、そっとベッドから抜け出した。傍らに脱ぎ捨ててあった道雄のズボンからベルトを抜き取り、ゆっくりと彼の方へと向かっていく。

道雄の首にベルトを巻き付けた……。


夢中になって、シナリオを読み続ける。

その後、物語がどんな展開を迎えるのか書くことは控えることにする。公開前の映画である。結末を明かすのはルール違反だ。

それにしても恐ろしい物語である。吉川凛子が殺害したのは、映画のなかでは都合六人に及んでいる。実話だと考えると、余計にぞっとする。この恐ろしい殺人鬼の役を、清楚で純朴な感じがする真里亜が演じたらどうなるのか。興味は尽きない。

もとになった事件は、かすかに記憶があった。確かもう二十年ほど前に起きた事件である。当時は連日のように新聞やテレビで報じられていたが、詳細はあまり覚えていない。このシナリオはどこまで脚色してあるのだろうか。

二〇一六年五月十九日

真里亜から電話があった。

相談したいことがあるという。私は仕事の都合で、夜の八時以降しか時間が空かなかったので、食事しながら話すことになった。

仕事を終えて、予約した店に向かう。カジュアルなイタリアンレストランである。待ち合わせの時間ぎりぎりに駆け込むと、彼女はもうすでに到着していた。

「ごめんなさい。待たせてしまって」

「いえ、私の方こそ、時間を作っていただき、申し訳ございません」

前回の取材から十日が経っていた。ライトグレイの涼しげなブラウスに、黒いパンツスタイルの真里亜。この前会ったときよりも、大人びて見える。

着席して、食事や飲み物を注文する。幸い、店内はさほど混み合っていなかった。彼女が申し訳なさそうに言う。

「本当にすみません。こんないい店まで予約してもらって」

「大丈夫ですよ。そんな、高級な店じゃないから……あ、お店の人に聞こえたらまずいよね」

　真里亜と顔を見合わせて笑う。

「このお店、よく来るんですか？」

「ええ、本当に料理が美味しいんですよ。それに、料金もリーズナブルだし」

　私は身を乗り出し、声を潜めて言う。

「その割には、いつもこんな風にお客さんがあんまりいないから、ゆっくり話すのには好都合なんです」

　猫のような可愛らしい目を細めて、真里亜が笑う。

　飲み物が運ばれてきて、グラスを合わせる。私はマティーニ。真里亜はグラスのスパークリングワインだ。飲みながら彼女に言う。

「シナリオ読みましたよ。時澤さんから送ってもらったんで」

「どうでした？」

「すごく怖かった。夜に読まなきゃよかった。読み終わってもずっと、なにか後《あと》に引きずる感じがして……。でも、いい映画になると思いました。面白いとか、そういうのじゃないけど、問題作というか、社会派作品として賞を取るような映画になるんじゃないかな」

「そうですよね。すごいシナリオですよね」

「きっと話題になりますよ。真里亜さんのこと、みんな注目するんじゃないかな？」

「そうだといいんですけど」

　そう言うと真里亜の表情がわずかに曇った。

「実は……ちょっと自信がなくて。この役を、私が上手く演じることができるかどうか?」

「大丈夫よ。シナリオを読んでいて、真里亜さんが演じている姿が鮮明に浮かび上がってきたから。普段は真面目な会社員だけど、夜になると街頭に立ち、客の男を次々と殺していく女。清純さとミステリアスな二面性を持つあなたに、この吉川凛子という役はぴったりだと思う」

「そうでしょうか……。でも高柳さんにそう言っていただけると、とてもうれしいです」

「自信を持って。私も応援していますから」

「最初にこのシナリオを読み終えたとき、すごく不安になったんです。事実をもとにしているから、すごく怖いという気持ちになったんですけど、それ以上にもっと何か、言葉にならない、根源的な恐ろしさを秘めているというか」

「分かります。私も同じような感覚を抱きました」

「正直言って、私には分からないんです。なぜ彼女が殺人を繰り返すのか? 何度シナリオを読んでも、その答えが見つからなくて」

真里亜は一旦言葉を切った。目を伏せたまま、彼女は言う。

「凛子の気持ちが分からないまま、この役を演じることができるんだろうか。彼女の心情を正しく理解できないと、演じる資格はないんじゃないかって。そう思うと、途端に不安になってきて。それで、誰かに相談したいと思って」

真里亜は黙り込んだ。すぐに適切な言葉が浮かび上がってこなかった。彼女は真摯に悩んでいる。私は監督でもないし、映画のスタッフでもない。下手なアドバイスをするわけにはいかないが、こうして自分を頼ってきてくれたのは、なんだかうれしかった。

「大変な役ですからね。私も真里亜さんと同じです。シナリオを読んで、主人公の行動が全く理解できませんでした。身体を売ったり、次々と人を殺したり……。だから、彼女の気持ちが分からないのは当たり前のことだと思うんです。すぐに理解できたら、それはそれで、やばい人じゃないかしら」

「確かにそうですね」

「でも、これは実際にあったことなんですよね。だから、私もすごく恐ろしいと感じたんです。なんで彼女は、人を殺し続けるのか。それがこの映画のテーマだと思うんです。今の段階では答えが出ないかもしれないけど、吉川凜子という役を演じ続けていくうちに、見えてくるんじゃないでしょうか。なぜ彼女は殺し続けたのか。その理由が……」

「ありがとうございます。そうですよね……。人を殺した人間の気持ちは、現実に殺人を犯した人しか分からないですから」

　真里亜は嚙みしめるように言う。

「そうですよ。だから、分からなくてもいいと思うんです。演じながら、彼女の気持ちに接近していけばいいんじゃないですか。あ、ごめんなさい。私みたいな門外漢が、勝手なことばかり言って。参考にならないと思ったら、聞き流してもらっても全然大丈夫ですから」

　彼女は大きく頭《かぶり》を振る。

「いいえ、そんなことありません。高柳さんにお話ししてよかったです。ずっと一人で悩んでいたので」

「一人で？　監督やプロデューサーとはまだ話してないんですか？」

「ええ、まだきちんとはお話ししていません」

「そう……。もし今度話す機会があれば、ちゃんと真里亜さんの気持ちを伝えた方がいいと思いますよ。『殺人を繰り返す主人公の心情が理解できない』と……。私なんかよりも、ずっといいアドバイスをくれるかもしれません」


真里亜と別れ、自宅に戻った。

彼女は役柄に向き合い、真剣に悩んでいた。確かに、大勢の人を殺した人間の心情を理解することなど、普通の人間には到底不可能だろう。だが、彼女は吉川凜子という殺人鬼を演じる上で、それを正確に理解して取り組もうとしている。生真面目な性格がそうさせるに違いない。より一層、筧真里亜という女優に好感を抱くことができた。

私は真里亜と同じ女性であるが、仕事も違うし、年齢も十五以上離れている。でも今日、彼女といろいろと話をすることが出来て、まるで親友であるかのような共感を覚えた。私の助言など役に立ったかどうかは分からないが、少しでも彼女の手助けになれば、こんなにうれしいことはない。

映画のもとになったという事件はどんなものなのか。インターネットで検索すると、「殺す理由」のモデルになった事件についてまとめたサイトが存在した。そのなかの一つを、ここに引用する。

概要

一九九一年から一九九六年にかけて、関東近県のホテルで起きた連続絞殺事件。六人の男性がネクタイやベルトなどで首を絞められ、遺体となって発見された。

経緯

一九九一年四月十日、東京都北区赤羽のラブホテルの部屋から男性の遺体が見つかった。所持品から男性は、埼玉県川口市に住む三十三歳の会社員と判明する。遺体は全裸の状態で、被害者のものと思われるネクタイで首を絞められていた。ホテル関係者によると、男性は前日の夜十一時ごろ、女性と二人で入室。チェックアウトの時間が過ぎても部屋から出てこないので、不審に思った従業員が鍵を開けて遺体を発見した。一緒に入室した女性は部屋にはおらず、深夜二時ごろ、一人で出て行く姿がホテル内の防犯カメラに記録されている。それ以降は、誰も入室した様子はなかった。捜査本部は、女性が犯行に関与しているものとして、その行方を捜索した。周辺の聞き込みから、その女性は「立ちんぼ」と呼ばれる売春婦ではないかという証言が得られた。「立ちんぼ」とは、街頭などで売春相手となる客を探したり、その場で価格交渉をする個人売春婦のこと。被害者の男性は、路上で女性と交渉して、連れだって事件現場となるラブホテルに入室したと思われる。しかし、その後の捜査で、警察は女性の身元を特定することは出来なかった。

事件発生から八ヶ月後の十二月十日、今度は神奈川県横浜市のビジネスホテルで、男性の遺体が発見された。被害者は四十代の会社員で、犯行の手口は赤羽の事件と同様、ネクタイによる絞殺だった。さらに四ヶ月後の一九九二年四月二十一日には、東京都台東区上野のラブホテルで、五十代の自営業の男性が遺体となって見つかっている。それぞれ被害者は、所持品であるネクタイやベルトなどで首を絞められ死亡していた。警察は、同一犯の犯行と見て、警察庁広域重要指定事件に認定。犯行が行われた各県警と協力態勢を取り、捜査に当たることになった。

しかしそれ以降も、事件の有力な手がかりが得られることはなく、一九九四年九月十三日には東京都墨田区錦糸町のビジネスホテルで四十代男性の遺体が見つかっている。さらに一九九六年三月五日には、神奈川県川崎市のラブホテルで五十代男性の遺体が発見された。

ここまでで事件の被害者は五名に及んでおり、警察の捜査能力を疑問視する声が相次いだ。いずれも被害者は、街頭で女性に声を掛け（あるいは声を掛けられて）ホテルに入室したものと思われる。また事件現場に女性の痕跡は残されておらず、身元を割り出すことができるものはなかった。ホテル内の防犯カメラに記録された映像も、サングラスやマスクなどで巧妙に顔を隠すなどしており、個人を特定することはできなかった。

逮捕

容疑者に関する有力な手がかりを得ることができないまま、最初の事件から五年が経過した。もはや迷宮入りかと思われたが、意外なことから事件は解決する。一九九六年十月十二日、東京都中野区野方のマンションの一室から、男性の遺体が見つかった。遺体は死後数日が経過しており、その部屋の住人である渡辺敬一《わたなべけいいち》（三十歳）と判明する。渡辺は、彼の所持品であるネクタイで首を絞められており、その手口は、一連の事件と酷似していた。捜査の結果、警察は三鷹市に住む平山純子《ひらやまじゅんこ》（三十三歳）を殺害の容疑で逮捕した。平山は被害者の渡辺と交際しており、四日前の十月八日に彼の部屋を訪れていたことが目撃証言などによって判明している。司法解剖の結果、その日時は死亡推定時刻と一致していることも分かった。取調べに対し、平山は殺害を自供。また、一九九一年からホテルで五人の男性を殺害していたことも認めた。

動機

逮捕された平山純子は、東京都内の某建設会社の経理部に勤めていた。勤務態度に問題はなく、真面目な性格で、上司や同僚からの評判は良かった。死亡した渡辺とは仕事を通じて知り合い、三年ほど前から交際し、結婚を約束していた。渡辺を殺害した動機については、売春をしていたことを咎められ、衝動的に命を奪ったと供述している。彼以外の五人の男性を殺したのも、さしたる理由はなく、あくまでも突発的なものだったという。後の裁判では「強いて言えば、男性の性行為の欲求に対し、絶望的なほどに嫌悪感を抱いていたから」と証言した。

マスコミ

一九九二年ごろから、新聞や週刊誌などは、本事件を「ホテルの絞殺魔事件」として報道。新たな被害者が発見される度に、誌面には警察を糾弾する記事や、犯人をプロファイリングする記事が躍った。平山が逮捕されてからは、「平成の女絞殺魔　その残酷で淫靡《いんび》な素顔」「昼はＯＬ夜は街娼　ホテル連続絞殺事件の真相」「なぜ真面目なＯＬが『ホテルの絞殺魔』へと変貌を遂げたのか？」などのセンセーショナルな見出しを掲げた記事を掲載して、大衆の興味を惹いた。

裁判

一九九六年十二月二日、東京地方裁判所で平山純子被告の初公判が開かれた。平山は罪状認否で、「六人の男性を死亡させたことは間違いありません」と起訴内容を認めた。一九九八年四月十三日の公判では、検察官による論告求刑が行われ、平山被告に死刑を求刑。同年八月五日の判決公判では、「精神疾患の影響もなく、完全な責任能力が認められる。社会に多大なる恐怖を与えた罪は重い」として求刑通り死刑判決が下された。弁護側はこれを不服として控訴した。

病死

一九九九年九月十九日、「呼吸が苦しい」と体調不良を訴え、診察では肺炎と判断された。東京拘置所内の病棟で治療を続けていたが、同年十一月九日に死亡。享年三十六。

参考文献

野《の》呂《ろ》史《し》朗《ろう》『街角に立つ殺人鬼　ホテルの絞殺魔』（流路社）
飯島隆子《いいじまたかこ》『絞殺――なぜ殺すのか』（深層書房）
阿南巌《あなんいわお》『死刑囚との対話』（インシデント）

二〇一六年五月二十四日

夕刻すぎに、真里亜から私のスマホにメッセージが届いた。

本日、監督とプロデューサーに会い、役柄についての相談をしたとのこと。彼女は「主人公の心情が理解できない」と、シナリオに対する率直な印象を、包み隠さず二人に打ち明けたという。真里亜の話を聞いて、監督は「この役柄は心情が見えなくて当たり前。自分もまだよく分かっていない。その答えを知るためにこの映画を作るようなもの。一緒に考えながら作っていこう」と告げた。さらに「主人公は連続絞殺魔であるが、昼間は普通に働き、友達もいて、恋愛もしている。殺人鬼だからと言って、特殊な演技をする必要はない。あくまでも自然体で演じて欲しい。なぜ彼女のなかに『人の命を奪う』という狂気が醸成されていったのか、今回の映画は、その謎を解明する感覚で作っていきたい」と彼女に話したという。

監督の言葉を受けて感じたことを、真里亜は私へのメッセージにこう書いている。

「深い靄《もや》から抜け出たような感情を覚えました。自然体で演じること……。確かにそうですね。彼女は恐ろしい殺人鬼なのだけれど、それ以外は普通に仕事して生活していたでしょうから。変に気負うことなく、等身大の吉川凛子という女性を演じればいいのですね。不安はまだ沢山ありますが、なんとか頑張っていける気がしました。本当にありがとうございます！」

前向きな彼女の言葉を目にして、ほっと胸をなで下ろした。確かに難しい役だが、真里亜ならきっと素晴らしい演技をしてくれると思う。早く彼女が演じている姿が見たい。映画の完成が待ち遠しい。

二〇一六年六月一日

赤坂にある某映画制作会社にお邪魔した。筧真里亜が主演する映画「殺す理由」を監督する相《あい》島卓《じますぐる》氏の取材を行うためである。

相島氏は、三十五歳の新進気鋭の映画監督である。数々の有名監督の助監督経験を経て、三年前に長編第一作の「子宮の記憶」を発表した。「子宮の記憶」は、殺人鬼の子供を宿した女性の愛と葛藤の物語。相島監督が自ら書いたオリジナル脚本で、海外の映画祭で賞を取るなど話題となった。「殺す理由」は長編第二作に当たる。

取材は、相島氏が所属する映画制作会社の会議室で行われた。相島監督は銀縁の眼鏡を掛け、長身ですらっとした印象の人物である。物腰はとても穏やかで、丁寧に質問に答えてくれた。

「まずは、この映画を監督することになった経緯について教えていただけますか」

「はい。第一作の『子宮の記憶』がオリジナル作品で、次は実録ものをやりたいと思っていました。そんなときに知人の映画制作者から声を掛けられて。『監督をやらないか』って、本作のシナリオを渡されたんです」

「『子宮の記憶』は、自ら脚本も手がけておられますが、本作は別の方が書かれていますね」

「ええ、実はこのシナリオは二十年前、矢作連《やはぎれん》という脚本家によって書かれたものなんです。一九九六年に、『ホテルの絞殺魔』こと平山純子が逮捕されてすぐに、映画化が企画され、執筆されたと聞いています。でも諸事情があって、映画化は実現しませんでした」

「諸事情とはなんでしょうか？」

「私もくわしいことは知らないんです。当時、犯人が逮捕されたばかりで、係争中の事件だったからではないでしょうか。そういった状況だったので、遺族感情など、映画化するにはいろいろと配慮しなければならない事情があったのではないかということです」

「分かりました。ありがとうございます。では、初めてシナリオを読んだときは、どんな感想を抱かれましたか」

「とても衝撃を受けましたよ。もちろん事件のことは覚えていましたが、『ホテルの絞殺魔事件』の映画化が進んでいたことなど知りませんでした。シナリオは、現実の事件を詳細に調べて書かれていて、実録ものをやりたいと思っていた自分のニーズと合致しました。それで、監督を引き受けることにしたんです。今回の映画は、事件が起きた一九九〇年代ではなく、二〇一六年の今の時代を舞台にすることにしました。だから、矢作さんに承諾を得て、私の方で、設定や台詞など、少しアレンジを加えています。でも、なるべく変えないように心がけました。あまり手を加えすぎると、現実の事件の息吹《いぶき》が損なわれるような気がするので、注意しました」

「相島監督は、一作目の『子宮の記憶』で、殺人鬼の子供を宿した女性を主人公にした映画を撮られています。そして本作も、不条理に殺人を繰り返す女性が主人公です。それは何か理由があるんでしょうか」

「人が殺人を行うとき、そこにはすごいドラマが生まれるでしょう。普段はあまり表に出ることのない、人間の本質が垣間見えるかもしれないと思うんです。それに、殺人鬼だって、殺害を行っていないときは普通の人間でしょう。彼らは普段どんな顔をして、どんな風に生活しているのか。そこにとても興味があるんです」

「先ほど、実録ものをやりたいと仰っていましたが、それはなぜですか」

「ええ、現実に起きた事件には、フィクションの作品とは違い、生々しい恐ろしさが潜んでいるような気がするんです。この事件でも六人の男性が命を失っている。被害者は皆それぞれ、家族や友人がいて、その死を悼《いた》んでいる。実録ものには、事件に関わった人々のリアルな感情が刻み込まれています。ですから、それを題材に映画を作るときは、亡くなった方の思いも背負う気持ちで、襟《えり》を正して作っていかなくてはならないと感じています」

「そうですか。ありがとうございます。それでは今回、主役に筧真里亜さんを抜擢されました。その理由について、教えていただけますか」

「主役は最初からオーディションで選ぼうと思っていました。なるべく手垢のついていない、新鮮な感じのする女優さんに演じてほしいという理由からです。その点、筧真里亜さんは僕のイメージにぴったりと合致しました」

「彼女を選んだポイントは何でしょうか?」

「そうですね。普段は可愛らしい感じの女性なんですが、ふとしたときに見せるさみしげな顔がとてもミステリアスで、心に残りました。もちろん演技もよかったんですが、彼女の持つ無垢で純朴な雰囲気が、売春婦で連続絞殺魔という役とはアンバランスで、映画に深い奥行きを与えてくれるのではないかと直感しました。きっと彼女なら、『吉川凜子』という女性を魅力的に演じてくれる。そう確信して、決めました」

「とても難しい役だと思います。監督とディスカッションしていると真里亜さんから聞きました。役柄について、どのようなアドバイスをされましたか」

「確かに、簡単な役ではないのかもしれませんね。現実の事件でも、平山純子は納得のできる動機を明らかにしていませんから。だから筧さんには、すぐに答えを出そうとはせず、一緒に考えていこうと言ったんです。僕自身も、平山純子がなぜ殺人を続けたのか、その答えを知るために、この映画を作っていこうと思っています」

「そうですか。真里亜さんも監督と話をして、不安が解消されたようです」

「それはよかった。本作はちょっと難易度が高いのですが、それだけ創作意欲をかき立たせる題材なんです。実は、一年ほど前にも、平山純子の事件を題材に、このシナリオを映画化しようという企画が進んでいたようです。そのときは主演の女優が決まり、スタッフも集められ、撮影の準備が進行していたと聞いています」

「そうなんですか。ではなぜ、映画は中止になったんですか」

「ごめんなさい。私は関わっていなかったので、よく知らないんです。今回の映画も、出資者は違うし、プロデューサーをはじめ、スタッフも一新して制作することになりました。でも筧真里亜さんは前回のオーディションにも参加したと言っていました。そのときは、惜しくも選ばれなかったそうですけど」

「なるほど、では今回主演に選ばれて、喜びもひとしおですね」

「そうだと思います。彼女なら、この難しい役をやり遂げてくれると信じています。クランクインの日が待ち遠しいです」

「撮影はいつからなんですか」

「一ヶ月先を予定しています。今はロケ場所を探したり、衣装や小道具などを用意する準備期間なんです。その間も、筧さんともディスカッションを重ね、『吉川凜子』というキャラクターを構築していきたいと考えています」

「わかりました。撮影頑張って下さい。映画の完成、私も楽しみです。期待しています」

「ありがとうございます」

二〇一六年六月十日

目黒にあるスタイリスト会社で、真里亜の衣装合わせが行われた。私はスタッフではないが、プロデューサーの時澤に許可を取り、同席させてもらうこととなった。

衣装合わせとは、俳優の衣装を撮影前に選ぶことをいう。同時に靴やバッグ、時計などの小道具も選ぶので、衣小合わせと称する組もある。持ち道具と呼ばれる小道具を用意するスタッフを尊重しての配慮ということだ。

二階フロアーにある衣装部屋。ハンガーラックに架けられた衣服がずらりと並んでいる。これらはすべて、撮影に使う衣装なのだ。窓際の空いたスペースに相島監督をはじめとしたスタッフが集まっている。助監督の一人が、声を張り上げて言う。

「ご紹介します。主人公の吉川凜子を演じる筧真里亜さんです」

パイプ椅子に座っていた真里亜が立ち上がった。スタッフが拍手するなか、緊張した面持ちで、深々と頭を下げる。助監督が、真里亜に一人一人スタッフを紹介する。監督とプロデューサー、衣装部と小道具係とメイク、カメラマンとスクリプター（記録係）の姿もある。

相島監督と映画の内容について少し話した後、早速、劇用の衣装を試着することになった。真里亜は前もって監督と相談していたので、ここでは役柄についての話はあまりなかった。場合によっては、衣装合わせが監督と俳優の初顔合わせの場であることも多く、そのときは監督によって、演出意図や役柄についての説明が行われる。俳優の方で、シナリオに疑問や不満などがあれば、監督とのディスカッションになることもある。議論が白熱して、衣装合わせがなかなか始まらないこともざらにあるらしい。

試着室のカーテンが開き、真里亜が姿を現した。職場のシーンで着る事務服を身にまとっている。こうして衣装を着用した姿を見ると、なんだかぞくぞくする。彼女が「吉川凜子」という映画の登場人物に変貌していく過程を目の当たりにしているからに違いない。

場面ごとに衣装部が用意した服を、監督が選んでいく形で進行していく。彼女は主役とあって、衣装の数は多い。事務服や私服、下着までも実際に真里亜が試着して、サイズが合っているか、監督のイメージに合うかをチェックする。さらに、衣装ごとに靴やバッグなどの小道具が決められ、最後にメイクの打合せをして、およそ二時間に及んだ衣装合わせが終わった。

二〇一六年六月十一日

一面が鏡張りの部屋。

新宿区内にあるリハーサルスタジオである。今日は、ここでキャストの顔合わせと本読みが行われる。部屋の中央にテーブルが並べられ、主要な出演者らが席に着いていた。簡単な紹介が行われ、監督主導のもと、本読みが開始された。台本を手に、俳優たちが本番さながらの演技を披露する。

私は壁際に並べられたパイプ椅子の末席に座り、その様子をじっと見ていた。いよいよ真里亜の番である。小学校の授業参観に訪れた保護者のように、はらはらしながら彼女の姿を見守る。

真里亜が台詞を読み上げる。堂々とした演技である。決して周りに負けてなどいない。彼女の本格的な演技は初めて見たのだが、想像以上に上手いのではないかと感じた。私ごときに何が分かるのかと言われるかもしれないが、本当にそう思ったのだ。台詞を言っているときの表情は、普段の真里亜ではなく、吉川凜子という女性が乗り移ったかのように見える。ほかの役者のなかにいても、決して引けを取っていない。私の勘は間違っていなかった。彼女は逸材である。改めてそのことを確信する。

本読みが終わって、真里亜と連れだってスタジオを出た。事情を知らない人は、私のことを女性マネージャーか何かと思っているかもしれない。もちろん、監督やプロデューサーには許可を取って同席させてもらっているのだが、私がライターであることを知らない人もいる。

外に出ると、すっかり暗くなっていた。時刻は夜七時を過ぎていた。新宿の雑踏を、彼女と肩を並べて歩く。

「本読み、すごく良かったです。真里亜さんの演技を見て感動しました。怖い映画だから、感動という表現は適切ではないかもしれないけど」

真里亜は目を輝かせて言う。

「本当ですか。そう言ってもらえるとうれしいです。でも、まだまだ自信がなくて……」

「大丈夫ですよ。この調子でやれば、きっと上手くいくから」

「自分なりにいろいろと調べているんです。平山純子について。事件について書かれた本がいくつかあったんで、図書館で借りてきて読んでいるんです。少しでも、なにかの手がかりになればと思って」

「そうなんですか。勉強熱心ですね」

「いえ、不安なんです。だから、何かできることがあればと……」

「どう、近づけましたか……平山純子に？」

自嘲《じちょう》的な笑みを浮かべ、真里亜は言う。

「いえ、全然だめです。読めば読むほど分からなくなってくるんです。近づこうとすればするほど、遠ざかっていくというか……」

「そう……。あまり焦らないこと。監督も言っていたように、映画を作りながら、考えていけばいいんですよ」

「そうですね。ありがとうございます」

視線の先にある歩行者用の信号が赤に変わった。雑踏のなか、横断歩道の手前で足を止めると、私は彼女に言う。

「そうだ……。監督から聞いたけど、真里亜さんは一年前にも、この映画のオーディションを受けていたんですね」

「はい、そうです。どうしても出たいと思っていたから……。でもそのときは、落ちてしまいました。だから、諦めていたんですけど」

「そうか……じゃあ、一年越しで夢が叶ったんだ」

「そうなんです」

そのとき、ふとあることが気になった。一年前に選ばれた女優は、どうしたのだろう。なぜ今回の映画は、その女優でなく、真里亜が主役を演じることになったのか。

「あの、一つ訊いていいですか?」

「はい、どうぞ」

「一年前にも、この映画のオーディションを受けたということですよね。そのとき選ばれた女優さんは誰か、知っていますか?」

「はい、もちろん知っています。一緒にオーディション受けていましたから。とても可愛らしい女性で、演技もずば抜けて上手でした。選ばれなかったのは悔しかったけれど、彼女なら負けても仕方ないと思っていました」

「今回も、その女優さんはオーディションを受けていました?」

「いえ、見かけませんでした」

「そうですか……。一年前、映画が中止になった理由、真里亜さんはご存じですか」

「いえ、よく知らないんです。落選の連絡が来てからは、てっきり彼女で撮影が行われていると思っていました。でも先月、またこの映画の募集があったので、改めて、オーディションに参加させてもらったんです」

信号が青に変わり、人混みが動き出した。私たちも流れに従い、肩を並べて横断歩道を進んでいく。

「その主演する予定だった女優の方は、真里亜さんの知り合いだったんですか」

「いえ、オーディションで初めて会いました」

「名前は覚えていますか？」

「ええ……三枝飛鳥《さえぐさあすか》さんです。三つの枝に、飛ぶ鳥と書いて」

「三枝飛鳥さんですね。ありがとうございます」


自宅に戻った。

早速、インターネットの検索サイトで「三枝飛鳥」を調べてみた。どんな女優か気になったからだ。

五歳のときから芸能活動をしているらしく、映画やドラマの出演歴は豊富だった。だが主役を演じたことはないようだ。一年前の映画が中止になっていなければ、初主演ということだったのだろう。

ネットの写真を見ると、真里亜の言う通り、可愛らしい女性である。くりくりした目で、えくぼが愛くるしい。事務所のホームページには「三枝飛鳥」という女優は掲載されていなかった。別の事務所に移籍したのだろうか。さらに検索していると、以下のものを見つけた。一年前の「二〇一五年六月十五日」の記事である。

若手女優の三枝飛鳥さんが死去　事務所が発表

女優の三枝飛鳥さんが六月九日に急逝していたことが分かった。二十四歳だった。所属事務所がＳＮＳを通じて発表した。三枝さんは、五歳のころから芸能活動を始め、「父の女」「二十一世紀のラプソディ」「三階は海」など数々の映画やドラマに出演していた経歴の持ち主。所属事務所は「ファンの皆様や、お世話になった関係者の方々にこのようなご報告を差し上げるのは無念でなりません。ご遺族の意向により、通夜ならび葬儀につきましては、近親者のみで執り行いました」とコメントしている。三枝さんは、映画の初主演が決まっており、十二日には撮影が始まる予定だった。


記事を読んで思わず息を飲んだ。

三枝飛鳥が死亡していた。これはどういうことか。一年前に映画が中止されたのは、主演を予定していた女優が死亡したからだったのか。一体なぜ、三枝飛鳥は亡くなったのか。

二〇一六年六月十三日

「初めまして、ライターの高柳と申します」

私は正面にいる女性に深く頭を下げた。

紫のシックなスーツ姿に、白髪交じりの上品そうな人物。渡された名刺を見ると、この事務所の代表取締役でもあるようだ。

　恵比寿駅近くの雑居ビルの五階。三枝飛鳥が所属していた芸能事務所である。事務所としては中堅クラスで、個性的なバイプレイヤーが多く在籍している。応接室に案内され、三枝飛鳥のマネージャーをしていた真田《さなだ》加寿子《かずこ》に話を訊くことができた。

「突然連絡してしまい、大変申し訳ございません」

「いいえ、大丈夫ですよ。筧真里亜さんの取材をなさっているとか」

「筧さんのことは、ご存じですか」

「ええ、覚えていますよ。私も飛鳥のオーディションに何度か行きましたので、よく見かけました。長い黒髪が印象的な、とても綺麗な方でした。また、あの映画を撮るんですね」

「ええ、筧真里亜さんが主役に決まったということです」

　三枝飛鳥が死亡していたという事実を知った翌日、彼女が所属していた事務所に連絡をした。記事には、くわしい死因が書かれていなかった。どうしても、三枝飛鳥が死亡した経緯が知りたかった。電話をすると、真田が出て、応対してくれた。こちらの事情を説明して、三枝飛鳥についての話を伺いたいと申し出た。すると、「電話でお話しするのもなんなので」ということになり、こうして時間を作ってくれることになったのである。

「飛鳥のことを知りたいということでしたね」

「はい。ネットの記事で、一年前に三枝さんが亡くなったということを知りました。亡くなられた経緯について、教えていただけませんでしょうか」

　真田が、表情を固くして言う。

「高柳さんは、どういった記事を書こうとされているのですか」

私は今回の取材に関して、企画の趣旨や媒体について詳しく説明した。彼女は、険しい顔で話を聞いている。私はさらに話を続ける。

「私どもとしても、興味本位で記事にするつもりはありません。筧真里亜さんという女性を通して、一見華やかに見える女優という職業の大変さや苦悩を表したルポルタージュを書きたいと思っています。そのためには、三枝飛鳥さんに何があったのか、知っておきたいんです」

私は熱心に訴えた。真田は黙り込んでじっと考えている。しばらくすると、彼女が口を開いた。

「お話は分かりました。実は高柳さんから連絡をもらったあと、飛鳥のご遺族に電話して確認を取りました。亡くなった理由をお伝えしていいかどうかは、一任されています。私自身、訃報を聞いたときは、あまりにも突然の出来事だったので、心の整理がついておりませんでした。でも一年経った今、三枝飛鳥という女優がいたということを、少しでも多くの方に知っておいてほしいという気持ちになりました……。お話しさせていただきます。ご想像の通りです。飛鳥は自らの手で、命を絶ちました。投身自殺です。陸橋の上から、道路に身を投げて……」

「そうですか……」

言葉を飲み込んだ。記事を読んで、想定していたことではあるが、改めてその事実を知らされると心が痛んだ。

「三枝さんが亡くなられた理由については、なにか心当たりはありますでしょうか」

「ごめんなさい。私にもよく分からないんです。映画の主演に決まって、とても喜んでいたんです。私もとてもうれしかった。だから、自殺したって聞いたときは、耳を疑いました」

「遺書はありましたか」

「いいえ、ありませんでした」

「そうですか。……三枝さんはどんな性格の女性だったんですか」

「とても感受性が豊かで、真面目な子でした。演技することが好きで、役作りするのが楽しいって言って。つらい現場でも泣き言一つ言わず、どんな役でも誠心誠意取り組んでいたんです。その甲斐あってか、亡くなる前には少なからず応援してくれる方もいて、いわゆる追っかけという熱狂的なファンもいましたよ」

「人気があったんですね」

「ええ、なかにはしつこく付きまとって、ストーカー行為に及ぶファンの男性もいましたけれど」

「そうだったんですね」

「とにかくどんな現場でも一生懸命やる子でした。だから、映画の主役に決まって、やっとその努力が報われたと思っていたんですが……」

「オーディションに合格して、主演に選ばれたときは、どのようなご様子だったんですか」

「もちろん喜んでいました。役作りにも、いつにも増して熱心に取り組んでいました。初めての主演でしょ。だから、頑張らないといけないと自分に言い聞かせて……。でも今になって考えると、それが彼女を追い詰めた原因かもしれない」

「と言いますと？」

「台本をもらってから、飛鳥は私にずっと言っていたんです。主人公の気持ちが分からないって。

何度読んでも、なぜ彼女が殺人を続けるのか、理解できないって。だから、彼女はモデルになった事件の本を読んで、実際に次々と男を殺し続けた『平山純子』の心情を探ろうとしていたんです。それでも、やっぱり納得のいく答えにたどり着けなかったので」

「難しいですよね。人を殺した人間の心情を理解することなんて。それも何人もの人を……」

「でもね、演じる方はなにか手がかりが欲しいんですよ。殺人鬼だって人間なんですから、そうしなければならない理由や動機があった筈なんです。飛鳥はそれを見つけ出すことができなかった。クランクインの日は次第に迫ってきます。でも、どんなに考えても答えにたどり着かない。彼女は焦り始めるようになって」

　思いつめたような顔で、真田は言葉を続ける。

「ある日飛鳥は私にこんなことを言っていました……。実際に人を殺したら、『平山純子』の気持ちが分かるかもしれないって……。なに馬鹿なこと言ってんのって、一笑に付したんですけど、今思うと、彼女の目は笑ってなかった……。それで、あんなことに……」

　振り絞るような声で真田は言う。

「もっと彼女との相談の時間を取るべきでした。私が忙しさにかまけて、それを蔑《ないがし》ろにしていたのかもしれません。もっと真摯に、彼女の声に耳を傾けていれば……」

　真田の目には、涙がにじんでいる。

「それに……今さらこんなことを言っても仕方ないのですが、彼女にあの映画のオーディションを受けさせるべきではなかったと後悔しています。きっと飛鳥には、重すぎる役だったんです。主役に選ばれたと聞いたときは、本当にうれしかったけど。二人で抱き合って喜んだのだけれど……。時間が巻き戻れば、あの日に戻して欲しい。心からそう願っています」

事務所のオフィスを出て、帰途についた。日が傾きかけている。夕暮れの街並みをとぼとぼと歩く。

真田の話が、心に重くのし掛かっている。彼女の訃報の記事を目にしたときから、嫌な予感がしていたのだ。三枝飛鳥の死因はやはり自殺だった。そして、彼女が命を絶った理由は、自らが演じる役柄の心情が分からなくなったからではないかという。

そんなことが自殺の原因になるとは、私には到底理解できないが、それは自分が役者ではないからなのだろう。演じる方としては、切実な悩みだったに違いない。しかも初めての主演である。プレッシャーも相当だったのではないか。

そういえば真田は、飛鳥にしつこく付きまとい、ストーカー行為に及んでいたファンの男性がいたと言っていた。そのことは、彼女の自殺と何か関係があるのだろうか。

それにしても心配なのは真里亜のことである。真田から三枝飛鳥の話を聞いたとき、真っ先に彼女の顔が頭に浮かんだ。真里亜も「主役の心情が分からない」と思い悩んでいた。もとになった事件の本を読んで「平山純子」の心情に近づこうとしていると言っていた。三枝飛鳥とまったく同じである。今は、クランクインに向かって前向きに進んでいるが、この先、彼女も飛鳥と同じように、壊れてしまう可能性がないとはいえない。

今回の映画は、真里亜にとってキャリアアップになるに違いないが、三枝飛鳥の話を聞くと一抹の不安がよぎる。杞憂《きゆう》ならばそれでいいが、今後は彼女の精神面にも注意して、取材に臨む必要がある。

二〇一六年六月十四日

映画のリハーサルを見学させてもらった。

場所は一昨日、本読みが行われた新宿のスタジオだ。主要な俳優が集まり、相島監督が抜粋したシーンを演じる。本読みのように台詞を読むだけではなく、実際に動いてみて、身振りや手振りなどの動作も加えてシミュレーションを繰り返す。いわゆる「立ち稽古」と呼ばれるリハーサルである。

「じゃあ、もう一回やってみましょうか」

相島監督が合図をする。畳やテーブルを並べた撮影場所を模した空間で、俳優たちが動き出した。その中心にいるのは、もちろん真里亜である。彼女はシナリオを手にしていない。すべての台詞を暗記しているのだ。俳優だから、台詞を覚えるのは当たり前かもしれないが、まだリハーサルの段階である。それに、彼女は主人公なのだから、他の役者よりも台詞量は圧倒的に多いはずである。この現場ではあまりそういう人はいなかったが、リハーサルでは台詞を覚えておらず、シナリオを読みながら演技する役者はざらにいる。

演技を終えると、相島監督が俳優たちに指導する。彼らも意見を出して、演技が固まっていく。真里亜は監督の指摘を的確に理解して、芝居に取り入れていった。やればやるほど、彼女の演技に磨きがかかっていく。

リハーサルが終わり、真里亜とスタジオを出た。食事をしようということになり、二人であのイタリアンレストランに向かう。

店に入ると、いつものように客は少なかった。席について、早速料理を注文する。美味しそうなピザやパスタが運ばれてくる。彼女はそれらを口に運び、舌鼓を打っていた。そういえば、この前と比べて顔色も少し良くなったような気がする。

「どんどん食べて下さい。長時間のリハーサルでお腹減ったでしょ」

「ありがとうございます。実はその通りなんです。お腹ぺこぺこで」

「頑張っていたもんね。でも本読みのときも思ったけど、今日はそれ以上にすごいと思いました。真里亜さんのお芝居」

「本当ですか。ありがとうございます」

うれしそうに真里亜が笑う。こういう顔を見ていると本当に愛らしい。吉川凜子を演じているときの鬼気迫る表情と比べると、とても同じ人間だとは思えない。女優というのはすごい。

「真里亜さんはどう？　今日のリハーサルの手応えは」

「はい……。まだまだですけど、なにか見えてきた気がします」

「主人公の気持ちが見えてきた？」

「いえ、そういうわけではないんですけど……。どこか不思議な感覚なんです。彼女の気持ちはまだ全然分からないんだけど、調べれば調べるほど、平山純子の感情にたどり着こうとすればするほど、徐々に身体が彼女に侵食されていく感じなんです」

彼女は手にしていたワインを一口飲むと、こう言った。

「でも、今はそれがとても心地よくて。少なくとも、その感覚に身を任せていれば、吉川凜子を演じきれるような気がするんです。芝居をする上で、それが強い自信につながっているというか……。だから、頑張れると思います。きっと……」

熱意を込めた眼差しで真里亜は言う。そんな表情を見て、私はほっと胸をなで下ろした。彼女は大丈夫だ。真里亜には、三枝飛鳥と同じような運命をたどらせてはならない。

真里亜と食事をしながら会話したところ、この前よりは役柄に対する戸惑いや不安は感じられなかった。なんとか前向きな気持ちのまま、撮影を乗り切って欲しいと思う。

私自身も、少しでも真里亜の力になれるよう、かつて「平成の女絞殺魔」として日本中を震撼させた平山純子について調べてみた。

以下は裁判資料や、事件を報じた新聞や週刊誌の記事、事件を取材した『街角に立つ殺人鬼ホテルの絞殺魔』（野呂史朗・流路社）『絞殺——なぜ殺すのか』（飯島隆子・深層書房）『死刑囚との対話』（阿南巌・インシデント）などのルポルタージュをもとに構成した。

平山純子についての考察

誕生から高校時代

一九六三年七月一日、栃木県Y市で生を享ける。実家は中華料理店を営んでおり、兄と弟がいた。成績は優秀で、近所の評判も良く、店の手伝いをよくする看板娘だった。当時を知る人によると「気立てのよい子」「顔だちの整った美人」「家族思い」など、彼女のことを悪くいうものはほとんどいなかった。中学に入ると、バレーボール部に入り、主力選手として活躍した。

中学卒業後は県立の進学校に入学。家業を手伝う傍ら、近所の写真館でアルバイトもしていた。彼女の実家は、店を出したときの融資金の返済に追われており、さほど裕福ではなかった。少しでも学費の足しになればとの思いで、写真館の手伝いをしていたとのことだ。写真館には、純子がモデルと思しき写真が多数飾られていたが、事件発覚後はすべて取り外されたという。

大学時代

高校を出て、純子は東京の大学に進学した。大学に入ってからも、アルバイトを掛け持ちし、学費や生活費のほとんどは自分でまかなっていた。彼女はあまり自己主張するような性格ではなく、派手な化粧をしたり、流行り物の服を着て着飾るタイプではなかったようである。そういった奥ゆかしい性格が周囲にも好かれ、彼女に交際を申し込む男性も少なくなかったという。実際、そのなかの誰かと交際したかどうかは不明である。このように、大学まで、純子が殺人鬼となる徴候は全く以て見られない。そのころの知り合いは、彼女が逮捕された報道や記事を見て、皆一様に驚愕したというのだ。

就職と売春

一九八六年、純子は大学を卒業。大手建設会社に就職し、経理部に配属された。勤務態度も真面目で、問題はなかった。家族との関係も良好で、盆と正月は必ず、栃木の実家に帰省していた。彼女の郷土愛は強く、逮捕後も獄中でよくわらべ唄のようなものを口ずさんでいた。祝い唄なのか、「神」や「祝い」など、めでたい言葉が並んでいたという。あまり聞き慣れない唄なので、刑務官が尋ねると、地元に古くから伝わる唄であるとのことだった。

裁判資料によると、純子が売春を始めたのは「二十七歳のころから」だという。就職して五年目のことである。なぜ一流企業の社員でありながら、売春行為を続けていたのか。前述の通り、純子は就職してからも、真面目で大人しい性格だった。派手な遊びをすることもなく、服装や宝飾品などに金をかけているわけではなかった。売春を行っていたのは、金銭が目的ではなかったようだ。このことに関して、彼女は法廷で「男性との経験が少なかったので、興味があった」と証言している。

純子が売春を行っていたのは、新宿や渋谷、蒲田、町田、川崎や横浜、千葉など東京近郊の広範囲の地域に及んでいる。それは、場所を固定することで、注目されるのを恐れたからだという。事実、事件発覚後に、同業者の売春婦や、地回りのやくざなどの間で、彼女のことを覚えているものはほとんどいなかった。

最初の犯行

一九九一年四月九日、純子は定時の午後五時に退社して、ＪＲ赤羽駅に向かった。夜七時ごろから街頭に立ち、客を取り続けた。赤羽では何度か売春を行ったことがあり、初めてではなかった。被害者のＡさん（三十三歳）が声を掛けてきたのは十時過ぎだった。交渉がまとまり、連れだって、近くのラブホテルに入室する。金銭（二万円）を受け取り、二人でシャワーを浴びた。ベッドに入り行為を開始。隙を見て、手にしていたＡさんのネクタイで彼の首を絞めて殺害した。行為に没頭するＡさんを絞め殺すことは、造作もないことだったと彼女は証言している。もちろん最初は抵抗し、もがき苦しんでいたが、ネクタイで一気に締め上げれば、すぐに動かなくなったという。

Ａさんの呼吸が止まっていることを確認すると、服を着て、自分の髪の毛を拾い集めた。さらに、ハンカチでドアノブに付着した指紋を消すなどの隠蔽工作も入念に行った。その後、しばらく滞在して、深夜二時頃、部屋を出ていった。

被害者のＡさんは、埼玉県川口市に住む中古車販売店に勤務する男性。妻と、五歳と二歳の息子がいた。その日、Ａさんは赤羽にある友人が経営する居酒屋を訪れており、その帰りだった。Ａさんの知人らの話によると、彼はよく風俗遊びを行っており、街娼を買ったのも、初めてではなかったのではないかという。

二回目以降の犯行

赤羽でAさんを殺害してから、逮捕されるまでの五年間で、何度も犯行を繰り返した。場所は横浜、上野、錦糸町、川崎など多岐にわたっている。さらに二回目は最初の殺害から八ヶ月後、三回目はその四ヶ月後、四回目はさらに二年半後、五回目はそれから一年半後と、犯行の時期も場所もばらばらだった。このことが、犯人特定の大きな障害であったと捜査関係者は述べている。純子の証言によると、犯行場所が全部違うのは、一度殺害を行った地域には、警察の捜査を警戒して、二度と足を踏み入れないようにしていたから。犯行の間隔が不規則なのは、とくに理由はないという。そのことについて、彼女は法廷でこう証言している。

「前もって計画したことはありませんでした。そのときそのときの、今殺さなければならないという、ある種の衝動のようなものに突き動かされて、咄嗟《とっさ》に行動していたからです」

こうして純子は、昼間は真面目な会社員、夜は街頭に立つ売春婦、そして時折、客の男の命を奪う連続絞殺魔という三重の生活を続けていた。三回目と四回目の犯行の間に、彼女は渡辺敬一と交際を始めている。敬一は、関連会社の社員で、仕事を通じて知り合った。その後グループで何度か食事に出かけ、恋愛関係に発展したという。敬一は愛知県出身のスポーツマンタイプの好男子で、お似合いのカップルとして評判だった。二人は順調に交際を重ね、やがて結婚を意識するようになった。付き合い始めて三年目の一九九六年の正月には、互いの家族のもとを訪れ、交際相手として紹介している。

最後の犯行　逮捕

二人の関係に終止符が打たれたのは、一九九六年十月のことだった。純子の行動に疑惑を抱いた敬一が、彼女を尾行して、売春を行っている事実を突き止めたのだ。彼は死亡しているので、なぜ純子を疑うようになったのかは定かではない。関係者によると、社内の一部では、彼女の売春が噂になっていたという証言もあった。敬一がその噂を耳にして、疑念を持つようになったのかもしれない。

一九九六年十月八日、敬一は自分のマンションの部屋に純子を呼び寄せ、売春の事実を問い質した。そのときのことを彼女は法廷でこう語っている。以下はその証言を抜粋したものだ。

「売春の事実を咎《とが》められたときは、驚きました。まさか、彼に知られるとは夢にも思っていませんでした。最初は『違う』と嘯《うそぶ》いていましたが、結局は否定しきれずにその事実を認めました。それで彼に、付き合う前から『売り（売春行為のこと）』をやっていたこと、街頭に立ち、不特定多数の男性と性行為に及び、金銭を受け取っていたことを話しました」

「彼は黙って、私の話を聞いていました。私は『隠していて、ごめんなさい』と素直に詫びました。それは嘘偽りなく、心からそう思ったからです。自然と涙がこぼれました。本当に、彼には申し訳ないと感じていました。彼は怒っているようでも、悲しんでいるようでもありません。どこか戸惑っている様子で、それ以上何も聞いてきませんでした」

「そのときはもう、交際は終わりになると覚悟していました。彼に知られるとは想像していませんでしたが、心のどこかで、こんな日が来るのではないかという予感もありました。でも意外なことに彼は、『お願いだから、もうこんなことはしないでほしい』と私を許してくれたのです。『自分にも責任の一端があったのかもしれない。すべて忘れて、二人で乗り越えていこう』と言ってくれました」

その後、純子は敬一を殺害する。そのときのことについて彼女はこう述べている。

「彼は私を求めてきたので、それに応じました。行為の後は、裸のまま二人でベッドに横たわっていました。私は夜遅くなっても眠ることができず、ずっと起きていました。まんじりともせず彼の裸の背中を見ていると、またあの感覚が襲ってきました。ある種の衝動が私を突き動かしたのです。気がつくと、立ち上がり、脱ぎ捨ててあった彼のズボンからベルトを抜き取りました。彼は気づかず、寝息を立てて眠っています。裸のまま、彼の身体に馬乗りになり、首にベルトを巻き付けました。渾身の力を込めて、彼の首を絞めました。彼は何が起こったか分からず、目を大きく見開き、私の顔を見ていました。私は構わず、彼が絶命するまで、ベルトを持つ手を緩めませんでした」

「敬一を殺したのは、売春をしていたことを知られたからではありません。あのときは、彼の言うとおり、売春行為を終わりにしようと考えていました。彼を殺《あや》めた理由は、他の男性のときと同じで、あの忌まわしき衝動にかられたからでした。それ以上でもそれ以下でもありません。本当です。神に誓って嘘は申しておりません」

犯行から四日後の十月十二日、不審に思った彼の同僚がマンションを訪れた。会社を数日にわたり無断欠勤し、連絡も取れなくなっていたので、心配になって様子を見に来たのだ。そして、管理人に事情を話し、部屋を開けてもらい、遺体を見つけたのである。

警察は、交友関係や目撃証言などから純子を重要参考人として聴取した。すぐに彼女は犯行を自供。さらに手口がホテルの連続絞殺事件と酷似していることや、数年前から売春を行っていることに着目し、厳しく彼女を追及。純子は他の五人の男性の殺害も認めたのである。

「ホテルの連続絞殺魔」逮捕のニュースは、日本中を騒然とさせた。栃木にある純子の実家にもマスコミが押し寄せ、中華料理店は閉店した。その後家族は、別の土地に移り住んだということである。

平山純子との対話

純子が逮捕されてから、捜査関係者がその動機の解明に取り組んだが、納得のいく答えは得られなかった。その後の裁判でも、彼女は動機について「強いて言えば、男性の性行為の欲求に対し、絶望的なほどに嫌悪感を抱いていたから」と述べているのと、「ある種の衝動」に突き動かされたと証言しているだけだ。不可解なのは「絶望的なほどに」性行為を嫌っていたのに、なぜ繰り返し売春を行っていたかということである。売春については「男性との経験が少なかったので、興味があった」ということであるが、なぜ嫌悪しているのに不特定多数の男性と性行為を続けていたのか。

犯罪心理学者の見解によると、純子の精神の根底には、男性に対する深い憎悪が存在しているのではないかという。ある種の男性恐怖症が歪んだ形で心を支配して、殺害を実行させたというのである。また「ある種の衝動」に突き動かされたという証言は、自分の所為ではないと主張しているような印象を与え、犯行に対する無自覚さを批判する声も相次いだ。

逮捕から二年後の一九九八年に死刑判決が下され、弁護側が控訴。審議が続くなか、翌年十一月に純子が病死したことは既出の通りである。彼女の死によって、動機の解明は困難となった。一体なぜ、うら若き女性が残虐な連続殺人鬼に成り果てたのか。

ここに、勾留中の純子に面会を試みたジャーナリストの記録がある。阿南巌が著した『死刑囚との対話』（インシデント）というルポルタージュだ。動機を探る手がかりになるかもしれないと思い、引用することにした。

面会が行われたのは、一審で死刑判決が下された翌年の一九九九年三月八日、場所は東京拘置所。面会したのは、著者である阿南本人である。阿南は、勾留中の彼女と手紙のやりとりを重ね、面会が実現した。

ドアが開く乾いた音がした。

透明のアクリル板に隔てられた部屋。

アクリル板の奥に、彼女が姿を現した。立会人の女性刑務官に引率された、ほっそりとしたスウェット姿の女性。私の方を見て小さく頭を下げると、肩まで伸びた黒髪が揺れた。私も立ち上がり、会釈を返す。彼女は対面のパイプ椅子に腰掛けた。写真やテレビのニュース映像では何度も見たが、こうして実際に彼女の顔を目の当たりにするのは初めてである。

平山純子被告、三十五歳——

落ち着きのある、穏やかな表情である。ほとんど化粧はしていないようだが、それでも整った容姿の女性であることは分かる。六人もの男の命を奪ったとはとても思えない。本人が罪状を認めているので、連続殺人犯であることは間違いないのだが、どこかしら上品な雰囲気が感じられるので不思議な気分である。

――初めまして。ジャーナリストの阿南と申します。面会を許可していただき、ありがとうございました。本日はよろしくお願い致します。私が事件を取材する動機は、手紙に書いたとおりですので、ここでは割愛させていただきます。時間が限られていますから、早速質問させていただくことをご容赦下さい。

平山被告　分かりました。阿南さんの取材意図は理解しています。どうぞ、聞きたいことがあれば、可能な限りお答えしますよ。

　少し掠れた声で言う。こうして彼女の肉声を聞いたのは初めてである。囁くような話し方ではあるが、決して聞き取りづらいというわけではない。アクリル板越しにもはっきりと聞こえる。

――ありがとうございます。まずは最初の質問です。平山さんは大学では経済学部に在籍し、会社でも経理部に所属していました。経理の分野に進もうと思ったきっかけは何だったんですか。

平山被告　そうですね……。父がとてもお金に苦労していたからでしょうか。経済学部に入ったのは、お金の勉強をして、父の手助けをしたいと考えたからですね。就職した後も、会計士になろうと思い、少し勉強していました。途中でやめてしまいましたけど。

――では、いずれは会社を辞めて、会計士として独立しようというプランがあったのですね。

平山被告　ええ……そんなことを考えていた時期もありました。

――売春をしていたのも、独立の資金を稼ぐためだったんですか。

平山被告　それも理由の一つでした。でも別の理由もありました。

――平山さんは裁判で、「男性との経験が少なかったので、興味があった」と答えていますね。

平山被告　そうです。私は同じ年ごろの女性と比べて、男性経験があまりありませんでした。男性恐怖症というほどではありませんが、幼いころから男の人が苦手だったことは事実です。だから学生時代は、なるべく男性と接触しないように行動していたこともありました。

――ではなぜ、売春を始めたんですか？

平山被告　必要に迫られたからです。多くの男性と接触しなければならないという。

――必要に迫られた？

平山被告　そうです。強迫観念のようなものです。でも、恋人を作ったりするのも面倒だったので、街角に立って、売春することにしたんです。

――強迫観念とはどのようなものですか。もう少し詳しく教えてもらってもよろしいですか。

　彼女は黙り込んだ。じっと考えている。頬に落ちた髪をかき上げると、視線を落としたまま言う。

平山被告　途端に衝動にかられるのです。今すぐそういう行為をしなければならないと、心の奥底から誰かが命令するのです。指示通りにしないと、不安にかられて、行動せざるを得ないのです。自分が自分ではなく、知らない誰かの傀儡《かいらい》になった感覚です。

――わかりました。ありがとうございます。売春を始めたのは、渡辺敬一さんと交際する前ですね。それまでに誰かに交際を申し込まれたり、誘われたりしたことはなかったんですか。

平山被告　もちろん多少はありました。地元にいるときは、四つ年上の男性にしつこく言い寄られていたこともありましたが、基本的には交際はお断りするようにしていました。

――でも、突然強迫観念にかられて、男性と接触することにしたというわけですね。

平山被告　そうです。知り合いだと、何人もの人と関係を持つと噂が立つでしょう。売春なら、私の素性は知られずに、不特定多数の男性と接触することができます。そういった意味では、売春行為はとても貴重な経験になりました。人が理性を失い、獣に戻る瞬間を目の当たりにすることができたというか。みんな、とても愚かで滑稽だと思いました。

――それで、男性との性行為に「絶望的なほどに嫌悪感を抱いた」というわけですか？

平山被告　はい、そう考えていただいて、差し支えございません。

――その「絶望的な嫌悪感」が、六人もの男性を殺害する動機になったということでしょうか？

平山被告　さあ、それはどうでしょうか。裁判ではそう申しましたが、私自身、殺害の動機はよく分かっていないというのが正直なところです。確かに不特定多数の男性との性交渉を繰り返して、激しい嫌悪感を抱いたことも、一度や二度ではありません。でも今思うと、それが本当に殺害の理由だったのか、自分でもよく分からないと言わざるを得ないのです。だってそれはそうですよね。果たして、男性にそのような感情を抱いただけで、その相手を殺すでしょうか。阿南さんはどうですか。女性の性衝動に嫌悪感を覚えたとして、性行為中にその女性の命を奪おうと思いますか？

平山被告は、少女のような澄んだ目でこちらをじっと見る。その視線にたじろぎながらも、私は言う。

――いえ……私は、そう思ったことはありません。

平山被告　そうですよね。だから、きっとそれは直接の殺害の動機ではないと思うんです。

――ではなぜ、平山さんは六人もの男性を殺害したんですか。

平山被告　だから、それがよく分からないのです。最後に殺した敬一以外は、その日に初めて会った男性でした。だから、彼らを恨んでいるとか、憎んでいるとか、そういった感情は一切ありません。気がついたら、私は彼らの首を絞めていました。今彼らを殺さなければならないという、衝動に駆り立てられていたからです。ほら、誰にでもそういうことってあるでしょう。熱烈に誰かを好きになるとか、子供をいい学校に入れたいとか、ギャンブルに熱中するとか、筋肉を鍛えて肉体を改造したいとか……。必死になって、目標を達成しようと自分の意思で行動していると思っていても、後で考えると、実はわけの分からない衝動に突き動かされていたということが。それと同じなんじゃないでしょうか。私の場合はそれがたまたま、殺人だっただけなんです。

――それでは、平山さんを突き動かした衝動とは、どんな感じのものだったんですか。その感覚というものを、具体的に教えていただけませんでしょうか。

平山被告　そうですね……。それは、突然やって来るのです。何の前触れもなく、火花がはじけ飛ぶように。その衝動が訪れたら、もう抗うことはできません。自分を支配する衝動のままに、行動するしかないのです。

――誰かの傀儡になったということですか。

平山被告 そうです。自分のなかに、もう一人の自分がいるような感覚です。私自身は空っぽになって、誰かの容れ物になっているようなのです。もちろん自分がした行為は、社会的に許されないことだと重々承知しています。命を落とした方々には、大変申し訳ないことをしたと思っています。遺族の方々にも、同じ気持ちです。でも仕方なかったんです。どうすることもできませんでした。被害者の方々は、私と出会ったことは、事故や災害に遭ったようなものだと、諦めてもらうしかないと思うんです。もちろん私自身も、それ相応の社会的な制裁を受ける覚悟でおります。

——わかりました。いろいろと教えていただきありがとうございます。もう一つ、訊かせて下さい。平山さんは、三回目の犯行のあと、一九九三年春ごろから、渡辺敬一さんと交際を始めています。平山さんにとって、渡辺さんとの交際も、不特定多数の男性と接触しなければならないという強迫観念にかられたものだったのでしょうか。それとも、それとは全く違うものだったのでしょうか。

その質問をすると、平山被告は黙り込んだ。その瞳には、初めて戸惑いの色が浮かんでいる。彼女が静かに口を開いた。

平山被告 彼との交際は、自分の意思で決めました。決して強迫観念によるものではありません。あえて言うならば、私のせめてもの抵抗でした。そして最後の希望でもあったんです。しかし、それは叶いませんでした。無慈悲にも、火花のような衝動が訪れて、私は彼の命をも奪ってしまったのですから。でも、彼を殺したと分かったときに、激しい慟哭《どうこく》が私を襲うと同時に、すこしほっとした気持ちにもなったんです。もうこれで私は解放される。もうこれで人を殺さなくてもいいんだって。これまでの殺人とは違い、敬一は見ず知らずの他人ではなく、私の恋人だった人です。いくらなんでも警察は、すぐに私を逮捕するだろう。逮捕されたら、もう人を殺すことはできないでしょう。だから……。

沈鬱な表情で平山被告は言う。すると予想外の出来事が起きた。
突然、彼女が立ち上がったのだ。そして両手をアクリル板に叩きつけると、声高に叫び始めた。

平山被告　違うんです。助けて下さい。私じゃないんです。ここから出して下さい。早く、ここから出して。早く。

平山被告の目は血走り、必死の形相である。まるで破壊しようとするかの勢いで、何度もアクリル板を叩いている。「やめなさい」と一喝して、立会人の女性刑務官が駆け寄ってきた。彼女の身体を押さえ、行為を制止しようとする。すると平山被告は、手を止めて私に言った。

平山被告　冗談ですよ。ごめんなさい。脅かしたりして。でもこれで、いいルポが書けるでしょう。

彼女の顔には、悪戯っ子のような笑みが浮かんでいる。私は固唾を呑んで、その表情を見ていた。

刑務官が彼女に手錠を掛けると、二人は部屋から出て行った。

二〇一六年六月十六日

朝からずっと雨が降っていた。

人気《ひとけ》のないホームに降り立つ。午後二時を過ぎていた。私鉄沿線の駅の改札を出て、傘を差して歩き出す。初めて訪れる場所である。時折立ち止まり、スマホの地図アプリで確認しながら、目的地へと向かった。

建ち並ぶ住宅の間に、田んぼや畑が残されている郊外の風景。家の軒先に咲く紫陽花も、雨にそぼ濡れている。二十分ほど歩くと、その場所にたどり着いた。

住宅街の一角にある一軒のコーポ。外壁のクリーム色の塗装はまだ鮮やかで、築年数はさほど古い感じではない。傘をたたんで、建物のなかに入った。階段を上り、二階の廊下を歩いていく。目的の部屋を見つけ、その場で足を止めた。チャイムを押すと、なかから「はい」という声がした。少し待っていると、ドアが開き、真里亜が顔を出した。薄手のカーディガンを羽織り、口元は、白い不織布《ふしょくふ》マスクに覆われている。

「ごめんなさい。こんな雨のなか、わざわざ来てもらって」

「ううん。それより大丈夫？　体調の方はどうですか」

「はい。おかげさまで、大分良くなりました。さあどうぞ、なかに入って下さい」

彼女に促され、部屋のなかに入る。玄関口で靴を脱ぎながら、真里亜にいう。

「どう、熱は？　下がりました？」

「はい、なんとか大丈夫です」

昨日、リハーサルの最中に真里亜が倒れたのだ。演技をしている途中、突然彼女のセリフが途切れた。そしてその場に崩れ落ちたのである。駆け寄ると、ひどい熱があり、呼びかけても返事がなかった。十分ほどで意識は戻ったが、リハーサルを中断し、スタッフが車で彼女を自宅まで送り届けたのである。私は真里亜の容態が心配だったので、彼女の部屋を訪れた。

玄関を入ると、ダイニングキッチンを通り抜け、奥の部屋に招かれた。窓際にシングルベッドが置かれた簡素な部屋。コートを脱ぎながら、彼女にいう。

「ごめんなさい。具合が悪いのに、押しかけてきたみたいで。真里亜さんは私を気にせず、横になっていて下さいね。何かできることはある？　ご飯とか食べた？」

「いえ……全然食欲とかなくて」

「そう……とにかくベッドに入って。あ、林檎を買ってきたけど、食べられるかな」

「ありがとうございます。いただきます」

真里亜をベッドに入らせ、台所に向かう。持ってきたポリ袋から林檎を取り出した。自宅近くのスーパーで買った、青森産の紅玉《こうぎょく》である。包丁を探し、林檎を切る。皿に盛り彼女に持っていった。

真里亜はマスクを外し、フォークに刺した林檎を口に運んだ。一口かじると、彼女は言う。

「本当に申し訳ございません。こんな時期に、体調を崩してしまうなんて」

「仕方ないですよ。体を壊すことぐらい、誰にでもあることだから」

そう言うと私は、ベッドに腰掛けている彼女の傍らに座った。

「でも私が休むと、みなさんに迷惑がかかります。今日も、リハーサルが中止になったということですし。体調管理も大事な仕事だということは、分かっているんですが」

「自分をそんなに追い込まないで……。今真里亜さんがやらなければいけないことは、ゆっくりと休んで、元気になることですから」

「確かにそうですね。ありがとうございます。そう言っていただけると、気が休まります」

クランクインまで、あと十日ほど。撮影が間近に迫り、そのプレッシャーから体調を崩したのだろう。熱も下がってきたということだ。大事に至らなくてよかった。

「真里亜さんの顔を見られてよかった。じゃあ、私はこれで帰りますね」

あまり長居するわけにもいかない。そう言って立ち上がると、真里亜がか細い声で言う。

「あの……もう少しここにいていただけますか。お時間の方、よろしければ」

「ええ……時間は大丈夫ですけど」

「私の話……聞いていただけませんでしょうか」

「もちろん」

私は頷くと、再びその場に腰を下ろした。

「やっぱり私は、女優に向いてないかもしれないです。考えれば考えるほど、自分には無理かもしれないと思って。彼女を演じ続けることが……」

「そんなことないと思います。真里亜さんには才能があるわ。本読みやリハーサルを見ても、どんどん演技が上達しているし、人の目を惹きつける独特の個性が絶対にあると思う。だから、自信を持って」

　すると真里亜は無言のまま立ち上がった。壁際のラックから一冊のノートを取り出す。ラックには、平山純子の事件を取材した本や犯罪心理学の本が何冊も並んでいた。ノートを差し出して、彼女は言う。

「これを見てください」

　ページを開けると、そこにはびっしりと細かい字で埋められていた。平山純子の事件の経緯や記事の抜粋、彼女の言動などが、何ページにもわたり続いている。

「すごい。これ全部真里亜さんが書いたの」

「はい。書いたのは私ですけど、事件について調べるのは、妹の美津紀《みつき》にも手伝ってもらいました」

「美津紀さんが……」

「そうです。妹はとても勉強家で博識なんです。この事件のことも知っていたみたいで、私よりも詳しかったんです。だからいろいろと教えてもらったりしました」

　几帳面な字で書かれたノート。一冊の書籍になりそうなくらいの分量はある。ページをめくりながら、私は言う。

「すごい。よく調べてある」

「妹のおかげです」

「でも、これ全部真里亜さんが書いたんでしょう」

「ええ……。こんな風に、事件のことを調べれば、彼女に近づけるかもしれないって……。調べれば調べるほど、平山純子のことが私のなかに入り込んでくるような気がして、もしかしたら、彼女になりきれるかもしれないって……。でも、それは大きな間違いだったんです。私は気づきました。やはり本質的には、彼女のことをまったく理解していなかった。私なんかが、彼女を演じる資格があるんだろうか。そう思うようになって。クランクインの日が近づくにつれ、どんどん怖くなってきて……」

　真里亜の目に涙がにじんでいる。声を震わせて、彼女は言う。

「私のなかにいる平山純子が言うんです。あなたになんか何が分かるの。あなたに私を演じる資格なんかないって。ずっとずっと、私をあざ笑うかのように」

　真里亜の話を聞いていると、胸が締め付けられた。思わず彼女の手を取り、声をかける。

「大丈夫、真里亜さんは大丈夫だから……」

「ありがとうございます。でも……どんなに近づこうとしても、私はたどりつけないんです。このままでは、彼女を演じることができない……。でも、諦めたくないんです。折角つかんだ夢だから、投げ出したくない……」

「そうですよ。この映画の主役を演じるのは、真里亜さん以外にはいないでしょう」

　私は、彼女の目をじっと見て言う。

「それに、あなたが演じるのは、平山純子ではないと思うんです。真里亜さんが演じるのは『吉川凜子』でしょう。事実は事実、映画は映画です。彼女にとらわれず、あなたの考えで、自由に演じたらいいと思います」

「分かっています。分かっています。でも……」

それから少し話をして、真里亜は眠りについた。

私は近くのスーパーで食材を買い、部屋に戻り料理をする。粥を煮て、クリームシチューを作った。彼女が目覚めると、二人でそれを食べた。

八時ごろに真里亜の部屋を出る。雨はまだ降り続いていた。傘を差して、駅までの道を歩く。

彼女は思い悩んでいた。この映画の主役を演じることに、苦悩していたのだ。その姿を見ていると、否が応でも、三枝飛鳥のことを想起する。もちろん、真里亜が今抱えている苦悩を乗り越えて、「吉川凜子」という役を演じきってほしいという思いはある。だが、それを無理強いして、三枝飛鳥と同じ道を辿ってもらいたくはなかった。

しとしとと雨が降る夜の道を歩きながら、彼女のことを考えていた。

二〇一六年六月十七日

真里亜からメッセージが届いた。

「昨日はありがとうございました。雨のなか、わざわざ来ていただき、本当に申し訳ございませんでした。

おかげさまで、熱は下がり、体調は回復しました。明日からリハーサルに復帰する予定です。ご心配をおかけしました。高柳さんに話を聞いてもらい、大分気持ちが落ち着きました。本当にありがとうございました、明日から頑張れるような気がします。

こんな私によくしてくださって、感謝の言葉も見つかりません。

クリームシチュー、とてもおいしかったです。一生忘れられない味になりました」

メッセージを読んで一先《ひとま》ず安堵する。なんとか彼女は立ち直ってくれたようだ。真里亜の家を訪問して、本当によかった。もうすぐクランクインだ。このように、心身ともに健康なまま、撮影に臨んでほしいと切に願う。

二〇一六年六月十八日

リハーサルを見学する。

真里亜は入《い》り時間より三十分も早く来ていた。監督をはじめ、ほかのキャストやスタッフにも、謝罪を繰り返している。

稽古が始まった。彼女は熱の籠った演技を披露する。相変わらず芝居は素晴らしいが、私はまた倒れてしまわないかと気が気ではなかった。でも、どうやらそれは杞憂のようだ。彼女は潑剌とした表情で、役を演じている。私は食い入るように、真里亜の姿を見ていた。

すると、バッグに入れていたスマホのバイブレーション機能が作動した。着信音が鳴らないように設定しているが、リハーサル中だったのでそそくさと部屋を出た。

ロビーにゆくと、途中で電話が切れていた。見知らぬ携帯番号である。誰からだろう。その番号にかけ直した。二、三度コール音が鳴ると、すぐに相手が出た。

「もしもし高柳ですが。今、そちらの番号からお電話いただいたようで」

〈あ、すみません。わざわざ、掛け直してもらって。真田です。この前、三枝飛鳥の件でお会いした〉

声の主は、三枝飛鳥のマネージャーだった真田加寿子だった。

「あ、真田さん。先日はどうもありがとうございました」

〈急に電話してごめんなさい。今少しお時間ありますか〉

「はい。大丈夫です。どういったご用件でしょうか」

〈ええ……実はこの前お会いしたときに、お話しした方がいいかどうか、迷っていたことがありまして……〉

何やら穏やかではない声である。彼女は言葉を続ける。

〈飛鳥が亡くなった後、よからぬ噂を耳にしたんです。彼女が主演する予定だった映画のシナリオは、呪われたシナリオだったって〉

「呪われたシナリオですか……」

〈ごめんなさいね。急に変なことを言って。オカルトめいた話だから、この前は別に話さなくてもいいと思ったんですけど。あれからちょっと気になってしまったんで〉

「呪われたシナリオって、どういうことでしょうか」

〈あの映画のシナリオって、二十年前に書かれたということはご存じでしょうか。モデルとなった事件の犯人が逮捕されたときに、映画化が企画されたときのものだって〉

「はい。監督から伺いました」

〈そのときも、撮影が中止になったんですけど、その理由は知っていますか？〉

「いえ、くわしくは……。確か監督は、当時はまだ犯人が逮捕されたばかりで、遺族感情など配慮しなければならない事情があったのではないか、とおっしゃっていましたが」

〈違うんです。そのときも、主演する予定だった女優さんが亡くなっているんです〉

「え、本当ですか」

〈私も飛鳥が亡くなった後に知ったんです。別の現場で、当時の事情に詳しいスタッフの方と話す機会があって、その方も、飛鳥の訃報を知って、ひどく驚いたそうです。二十年前にそういうことがあって、今度は飛鳥が自殺したでしょ。だから今業界では、あのシナリオは「呪われたシナリオ」だと噂になっているというんです〉

「なぜ、主演する予定だった方は亡くなられたのでしょうか？」

〈はっきりとしたことは分かりませんが、やはり自殺だったようです。飛鳥と同じで、役柄に関して、ずっと思い悩んでいたというんです。主人公の気持ちが分からない。なぜ彼女は、殺し続けるのかって……。きっとその方も、殺人鬼を演じるプレッシャーに負けたということではないでしょうか〉

　思わず言葉を飲んだ。二十年前にも、主演する予定だった女優が死亡していたというのである。しかも、三枝飛鳥とまったく同じ理由で……。

　これはどういうことなのか。二十年のときを隔てて、自ら命を絶った二人の女優。本当にこの映画のシナリオは、呪われたシナリオだというのか。

〈だから、またあのシナリオを使って映画を撮るって聞いて、気になって電話したんです。余計

なお世話かもしれませんけど、十分に注意した方がいいと思うんです、あの役を演じるときは……〉

丁寧に礼を言って、通話を終えた。恐ろしい事実を聞かされて、心のなかにまた不安が広がっていく。リハーサル室に戻った。壁際に並ぶパイプ椅子に座り、真里亜の姿を複雑な気持ちで見つめる。

午後七時、リハーサルが終わった。

プロデューサーの時澤に声をかける。真里亜のことで、相談したいことがあると告げた。真田の話を聞いて、私一人ではもう、受け止めきれない話だと判断したからだ。スタジオを出て、二人で近くのカフェに入る。

時澤に、現在の真里亜の様子を話した。「主人公の感情が見えない」と、ずっと思い悩んでいること、クランクインが近づき不安定な精神状態であることを……。すると、彼は言う。

「高柳さんには本当に感謝しています。彼女のマネージャーのようなこともやらせてしまって」

「いえ、私はいいんです。真里亜さんのことが好きだし、彼女と接することは、取材のうちだと思っていますから。でも今は、本当に彼女のことが心配なんです。このままの精神状態だと、撮影を乗り切れるかどうか不安で……。万が一のことがなければいいんですが」

「万が一のこととは?」

「時澤さんは、一年前にこの映画の撮影が進められていたことはご存じですよね。撮影が中止になった理由って知っていますか」

「いえ、あまりくわしくは……。そのとき僕は関わっていなかったので」

「主演する予定だった女優の方が亡くなったからです。三枝飛鳥という女優です。陸橋の上から飛び降りて、道路に身を投げたということでした」

「そうだったんですね」

「自殺の理由は、『吉川凜子』を演じることを苦にして、ということだったらしいんです。本当です。彼女のマネージャーだった人から直接伺いました。三枝飛鳥は、自分が演じる主人公の気持ちが分からないと、苦悩していたというんです。死ぬ間際には、まるで何かに取り憑かれたようになって……」

　時澤は黙り込んだ。何か考え込んでいる。その様子を見て、私は彼に問う。

「本当に時澤さんはご存じなかったんですか。一年前に、映画の撮影が中止になった理由について」

「いや……正直に言うと、知っていましたよ。クランクインを前にして、主演女優が自殺していたという話は……」

「やはり、ご存じだったんですね」

「ごめんなさい。高柳さんにも話しておくべきだったかもしれませんね。でも、あまり表沙汰にすることではないと考えていましたので。それに一年前のことは、さほど大きな問題ではないと思うんです。今回は、そのときと違い、出資会社も監督はじめスタッフもまったく別の座組みで行われています。くわしいことは分からないけど、一年前の自殺の理由は、スタッフに問題があったんじゃないですか。そのときの監督がその女優さんを精神的に追い込んだとか。いずれにせよ、相島監督はそんな方じゃないので、大丈夫だと思っています」

「でも、現実に真里亜さんも苦しんでいるんです。では、このことは知っていますか。今回の映画の脚本は『呪われたシナリオ』と呼ばれていることと、二十年前に映画が企画されたときも、主演する予定だった女優さんが自殺していたという噂があることは？」

「ええ、それも知っています。三枝飛鳥が亡くなったとき、業界で噂になりましたから。これは『平山純子』の呪いじゃないかって。僕もこの企画を持ちかけられたとき、本当に大丈夫かなと感じたんです。でも読んでみると素晴らしいシナリオだったので、これは絶対映画にしたいと思いました。この二十年の間に、この企画は、色んな映画人が実現させようとして、頓挫していたという事実もあります。それくらい、このシナリオは、傑作になり得る可能性を秘めているんです。だから僕も監督も、その危険を承知した上で、今回の映画化に挑戦することにしたんです」

「でも、真里亜さんに万が一のことがあったら、大変なことになります」

「もちろん、我々も十分にケアをしているつもりです。彼女と何度か話し合いをする機会を持ち、このようにリハーサルにも時間を掛けています」

彼の言うとおりである。今回の映画は、クランクインまで何日もかけて演技のリハーサルを行っている。舞台劇では本番までに何日も稽古が行われるが、映画では異例のことであった。

「確かに、この役は簡単な役ではありません。モデルとなった平山純子のことを調べても、犯行の動機を理解するのは極めて困難です。でも真里亜は、それを正面から受け止めて、僕たちの想像以上の演技を見せてくれています。リハーサルを見て、監督も僕も手応えを感じているんです。これはもの凄い映画になるんじゃないかって……。今は苦しいかもしれないけど、真里亜にはそれを乗り越えて欲しい。映画が完成すれば、彼女が注目されることは間違いありませんから。だから、高柳さんも引き続き、真里亜を助けて欲しい。大変かもしれませんけど、彼女の力になってくれませんか」

「もちろん、私も真里亜さんが女優として成功することを応援しています。自分にできることならなんでもするつもりです。でも本当に彼女には十分注意して、ケアしてあげて下さい。万が一のことがあってからでは、遅いと思いますので」

二〇一六年六月二十日

恐れていたことが起きた。

真里亜が自殺を図ったというのだ。スタッフの話によると、リハーサルの開始時間になっても、彼女が姿を現さなかったという。携帯に電話してもつながらず、ＳＮＳでメッセージを送っても返信がなく既読もつかない。不審に思った時澤が彼女の自宅に駆けつけ、家主に事情を話し、部屋の鍵を開けてもらった。そこで、意識のない真里亜の姿を見つけたのだ。

彼女はユニットバスで倒れていた。手首は浴槽に張られた湯に浸けられている。顔面は蒼白で、湯は真っ赤な血で染まっていた。すぐに時澤は救急車を呼び、真里亜は病院に搬送された。

その日私は別の仕事があり、リハーサルに参加していなかった。時澤から連絡を受けて、言葉を失った。仕事を切り上げて、病院に向かうタクシーのなかで、必死に祈り続けた。なんとか助かってほしい。なんとか無事であってほしいと。

午後二時、東京郊外にある救急病院に到着する。真里亜が搬送された外傷センターのロビーに行くと、制作スタッフが集まっていた。一同は黙り込み、深刻な顔を浮かべている。私の姿を見ると、時澤が駆け寄ってきた。

「高柳さんの忠告通りになりました。十分に注意していたつもりなんですが……。僕の見通しが甘かったんです。まさか、こんなことになるなんて」

「真里亜さんは……」

「今、集中治療室に入って、処置を受けています。予断を許さない状況だということです」

険しい表情を浮かべて時澤は言う。ひどく落ち込んでいるようだ。彼を責める気にはなれなかった。時澤も真里亜の精神状態に注意していたはずなのだ。それに、彼が機転を利かせてアパートに駆けつけなければ、息があるうちに発見できなかっただろう。

「これ、見てください」

時澤が、一冊のノートを差し出した。真里亜の部屋にあった、平山純子の事件について書かれたものである。付箋が付けられたページを開いて、彼が言う。

「このページが開いたまま、部屋の片隅に置いてありました」

几帳面な文字で埋め尽くされた紙面。その余白にはこう記されていた。

「ごめんなさい。本当にごめんなさい。許してください。やっぱり私は、あなたの夢を叶えられそうにありません」

私は真里亜が書いた文字をじっと見た。いろんな感情が込み上げてくる。それはまるで、彼女の遺書のようにも思えたからだ。

一時間後。

真里亜の処置が終わった。

医師の話では、命に別状はないとのことである。その言葉を聞いて、一先ず胸をなで下ろした。だが意識は戻らず、まだ眠っている状態だという。眠りから覚めても、また自らを傷つけようとする恐れがあるので、誰かが付き添って、精神的なケアをする必要があるとのことだ。

最悪の事態は免れた。そう思うと、心のなかに張り詰めていた緊張の糸がふと緩んだ。涙腺に熱いものが込み上げてくる。ハンカチを取り出し、目頭を拭った。

でも、まだ安心してはいけない。身体の傷は処置されたのかもしれないが、心の傷はまだ癒えてはいないからだ。彼女が目を覚ましたとき、どんな言葉をかけてあげればいいのだろうか。

真里亜が無事だと分かり、制作スタッフは一旦退去することとなった。時澤と私が病院に残り、回復を待つことにする。


午後四時すぎ、病院のロビーに一人の女性がやってきた。年齢は二十代半ばといったところだろうか。カジュアルなキャメルのジャケットにロングスカートの、すらっとした女性である。

「この度は、姉がご迷惑をかけて申し訳ございませんでした」

彼女は、時澤と私に深く頭を下げた。

真里亜の妹の美津紀だった。時澤から連絡を受けて駆けつけてきたのだ。言われてみると、確かによく似ている。背格好や佇まいは姉にそっくりだ。真里亜とは違い、髪は肩のあたりで切り揃えているが、美津紀も相当整った顔だちである。涼しげな一重瞼の目に、まっすぐな鼻筋。知的な印象がする薄い唇。真里亜が西洋風の美人だとしたら、どちらかというと和風美人といった趣きである。

「連絡を受けて、驚いたでしょう」

「ええ、まさか姉がこんな恐ろしいことをするなんて……。想像をしたこともありませんでした。映画の主役に決まり、とても喜んでいましたので……」

真里亜とは一つ違いだという美津紀。歳はそう変わらないのだが、姉と比べると、もっと幼い印象を受ける。現在は都内にあるＩＴ系の会社に勤務しているという。

「そういえば、真里亜さんが女優になろうと思ったきっかけは、美津紀さんだったんですよね。最初に取材したとき、絶対に女優になった方がいいと、妹に強く背中を押されたとおっしゃっていました」

「ええ、その通りです。私はずっと姉のことを応援していました。姉が女優として成功することが、私たちの夢だったんです。もう一つ上の姉の沙耶香《さやか》も、真里亜の活躍をとても楽しみにしていました」

「真里亜さんから伺いました。いろいろとご苦労があったとか」

「そうなんです。だから、私と沙耶香は、彼女からいつも勇気をもらっていたんです。なにがあってもくじけずに、真里亜が女優としての夢を摑もうとしている姿を見て……。でも、こんなことになるなんて」

そう言うと、彼女はセミロングの髪をかき上げた。視線を落として、沈痛な面持ちで言う。

「私たちのせいなのかもしれません。姉を追い詰めてしまったのは……。そう思うと、申し訳なくて……」

彼女は唇を噛みしめた。

そのとき私は思った。真里亜が残したノートに書かれた文字。「ごめんなさい。本当にごめんなさい。許してください。やっぱり私は、あなたの夢を叶えられそうにありません」。それは妹の美津紀に宛てたものなのかもしれなかった。でも、今彼女にそれを見せる気にはなれなかった。姉の自殺の原因は自分かもしれないと自らを責める美津紀を、また苦しめることになるかもしれないからだ。

様子が落ち着くのを待って、私は彼女に訊く。

「沙耶香さんに連絡されたんですか」

「ええ……でも姉は体調を崩して、今日はここに来ることができませんでした。彼女は幼いころから身体が弱くて……。だから沙耶香は、真里亜が頑張っている姿を見て、いつも励みにしていたんです。彼女はとても真里亜のことを心配していました」

「そうですか。お姉さんの体調も、早く良くなるといいですね」

「ええ……姉の沙耶香は子供のころから、自律神経に不調があるんです。突然目眩《めまい》がしたり、意識を失うようなこともあって。真里亜がご迷惑をおかけして本当に申し訳ないと、姉も申しておりました」

「いえ、私たちは大丈夫です。でも、これからの真里亜さんのことが心配です」

「ありがとうございます。みなさまに迷惑をかけたのに、こんなにもよくしてもらって。感謝の言葉もありません」

午後八時、真里亜が目を覚ました。

だが、まだ意識は朦朧としており、普通に会話できる状態ではなかった。ただ「ずっと、ごめんなさい。ごめんなさい」とうわごとのように繰り返している。美津紀が手を握ると、ほっとしたのか、真里亜の目に涙が溢れていた。

彼女の手を握りしめたまま、美津紀が何やら歌を口ずさんだ。

「ああたのし……ああたのし……」。子守歌なのだろうか。初めて聞く歌だ。妹の歌声を聞いて落ち着いたのか、そのまま真里亜はまた眠りについた。

医師の話では、回復の具合にもよるが、二、三日で退院できるのではないかということだった。美津紀が付き添うことになったので、私と時澤は病院を後にすることにした。

家に戻ってしばらくすると、時澤からメッセージが届いた。スタッフと協議した結果、六日後に予定していたクランクインを一旦延期するという。撮影の開始日は、未定ということだ。

今日はとんでもない一日だった。真里亜が自殺を図ったとの連絡を受けたときは、目の前が真っ暗になった。一命を取り留めて本当によかった。でもこれからが心配である。正直に言うと、もう映画の撮影は無理かもしれない。

それにしても、恐ろしいことになった。三枝飛鳥や、二十年前に主演する予定だった女優と同じように、真里亜までも自ら命を絶とうとしたのである。そういったことを信じる方ではないが、ここまで続くと、やはりこのシナリオは「呪われたシナリオ」であると思わざるを得ない。もしかしたら、本当にこれは平山純子の怨念なのかもしれない。

六人の男性を次々と殺めた殺人鬼の女。

十七年前に死亡したはずの彼女が、自分を演じようとしている女優らに取り憑き、呪い殺そうとしているというのか……。そうだとしたら、真里亜には絶対にこの役を演じさせてはならない。

彼女の妹の美津紀と話しているとき、この事実を打ち明けた方がいいかどうか、ずっと悩んでいた。結局言わなかったのは、真里亜の精神状態を危惧したからだ。もし彼女にこの事実が伝わると、病んでいる心に追い打ちをかけることになるかもしれない。でもその判断は正しかったかどうかは分からない。やはり警告しておくべきだったのではないか。真里亜の前に、二人の女優が死亡していることを……。

きっと時澤は、映画の撮影を決行するに違いない。それはそうである。ここまでの準備期間の経費はかかっているし、何より彼と監督は、このシナリオに魅せられている。出資者も中止することなど望んでいないのだろう。しかし真里亜のことを考えると、個人的には撮影を行うのは相当難しいのではないかと思う。

もちろん、それは私が決めることではない。真里亜と彼らが話し合って判断することだ。私はただ、起きている事態を取材し続けるだけである。

二〇一六年七月三日

真里亜の自殺未遂から二週間ほどが経った。

視線の先には、懸命に役柄を演じている真里亜の姿がある。今日からリハーサルを再開することになったのだ。クランクインの日は、まだ未定ということである。

一昨日の夜、真里亜と会話する機会があった。この前のことをお詫びしたいというので、新宿のカフェで落ち合った。

私と会うやいなや、真里亜は立ち上がり、深々と頭を下げた。

「本当に申し訳ございませんでした。高柳さんにも、ご迷惑をおかけして……。なんとお詫び申し上げたらいいのか……」

「私はいいから……。さあ、座りましょう」

小さく頷くと、彼女はしおらしく椅子に腰掛けた。

「体調の方はどうですか」

「もう大丈夫です。ご心配をおかけしました。どうしてあんなことをしてしまったのか。今は自分の愚かさが、悔しくてたまりません」

「そんなに自分を責めないで……」

「魔が差したんです。命を絶てば楽になると思った。すべてから逃げ出すことができるんじゃないかって……」

そう言うと彼女はわずかに目を伏せた。

「スタッフの方々や出演者のみなさまにも、大変申し訳ないことをしました。今日、相島監督と時澤さんにも会って、お詫びしてきました。それで、お願いしました。映画の方、続けさせてほしいと……」

その言葉を聞いて、私は思わず言った。

「大丈夫ですか。無理しなくていいと思いますよ。焦らずに、じっくり考えた方が」

「ものすごく悩みました。こんなことをしてしまった私に、もうこの役を演じる資格はないんじゃないかって。姉や妹とも話しました。多くの方に迷惑をかけてしまったのは確かだけど、ここでやめたら、みんなもっと困るんじゃないか。自分を選んでくれた監督やプロデューサーの方に、恩を仇で返すことになるんじゃないかって……。そう考えると、やっぱり逃げ出すわけにはいかないって……」

真里亜は私をじっと見て言う。

「私が弱いから駄目なんです。もっと強くならないと……。そうならないと、これから先も、女優なんかやっていけませんよね」

その言葉を聞いて、私は複雑な気分になった。彼女はこのまま、あの役を演じるのだという。だが、それは危険なことであった。もしまたあんなことが起きれば、今度は本当に命を落としてしまうかもしれない。

私はすべてを話すことにした。一年前、オーディションで選ばれた三枝飛鳥が「自分が演じる役の感情が分からない」と自ら命を絶っていたこと。二十年前にも、同じ理由で主演する予定だった女優が自殺していたこと。そして、この脚本は業界関係者の間では、「呪われたシナリオ」と呼ばれていること。

真里亜は真剣な顔で、私の話に耳を傾けている。そして一通り話が終わると、彼女は言った。

「そうだったんですね……。教えていただき、ありがとうございます」

真里亜は、視線を落とし黙り込んだ。少しすると、彼女が口を開いた。

「でも大丈夫です。私は負けません。いや、負けたくありません」

「本当に、大丈夫ですか」

「はい。二人の女優さんが亡くなったということですが、私は運がよかったのか、神様に命を助けてもらいました。これはきっと、私にこの役を演じろということだと思うんです。だから、諦めたくはありません。折角摑んだチャンスだから、投げ出したくないんです」

彼女は強い意志が籠った眼差しを、私に向ける。しばらく考えると、私は言った。

「分かりました。真里亜さんがそう言うなら、私も全力で応援します」

「ありがとうございます」

そう言うと真里亜の顔に、今日初めての笑顔が浮かんだ。

二〇一六年七月十日

〈お待ちしてました。どうぞ〉

インターホンのスピーカーから、女性の声がした。

オートロックが解錠され、エントランスのドアが開いた。時澤と私、そして真里亜が建物のなかに足を踏み入れる。南麻布の閑静な住宅街にある高級マンション。ワックスがけが行き届いている床は、ちり一つ落ちていないようだ。

エレベーターに乗り、六階で降りる。誰もいない廊下を歩いて行くと、時澤は一室の前で足を止めた。表札の出ていない部屋である。チャイムを押し、少し待っていると、ドアが開いた。

「さあどうぞ。お入りください」

満面の笑みを浮かべて、一人の女性が招き入れてくれた。ふくよかな銀髪の女性である。六十代後半か七十を過ぎているだろうか。化粧はばっちりと決まっていて、大きく開いた純白のブラウスの胸元には、宝石があしらわれたネックレスが目立っている。

差し出されたスリッパに履き替え、私たち三人は室内に入った。廊下を進み、三十畳以上はあるかと思われるリビングに案内される。

豪華な部屋である。中央に六、七人は座ることができそうな大きな革張りのソファが鎮座し、アンティークの家具が配置されていた。壁にはラッセンの絵が飾られ、棚には高そうな壺や骨董品が並べられている。広いダイニングスペースには、天板が大理石の豪華なアイランドキッチンが設置されていた。

「どうぞ、おかけになって下さい。ここは駅から遠くて不便でしょ。あ、車でいらっしゃいました？」

女性がそう言うと、時澤が答える。

「いいえ、電車できました」

「あ、そうですか。それはそれは、ご苦労様です」

そう言いながら、女性はキッチンに向かった。ソファに腰掛けて、少し待っていると、彼女が盆に載せた紅茶を運んできた。フレーバーティーだろうか。ほのかに香草の香りがする。紅茶を出し終わると、女性も座った。対面にいる真里亜を見て、微笑みながら言う。

「あなたが筧真里亜さんですね。初めまして、東城《とうじょう》です。今日はよろしくね」

「初めまして。こちらこそ、よろしくお願いします」

少し緊張した面持ちで、真里亜が小さく頭を下げた。

「素敵なお嬢さんね。そんなに堅くならなくていいのよ。リラックスして、肩の力を抜いて……」

彼女の名前は、東城呉葉《くれは》。知る人ぞ知る高名な霊能者だという。以下は、インターネットにあった彼女のプロフィールである。

東城呉葉　年齢非公開。新潟県に生まれる。幼いころに強烈な霊体験があり、そのときに力を授かる。少女時代から結婚するまでは、その能力を隠しながら生活していた。結婚後、夫が経営していた会社を霊的な力で支援し、その発展に尽力する。夫の死後、本格的に霊能者として活動を始めた。現在顧客には、財界人や芸能人、政治家などもおり、その力は「本物」であると、みな口を揃えて言う。

霊能者に依頼することを提案したのは時澤である。彼は信心深い性格で、真里亜の自殺未遂を契機に、彼女に祈禱やお祓いを受けさせようと考えていた。通常ならば、クランクインの前に神社に赴き、撮影安全の祈願を行うのだが、それだけでは不十分だと思ったのだろう。三枝飛鳥の死や、「呪われたシナリオ」という噂が立っていることも気がかりだった。そこで、知人の紹介で、評判の霊能者である東城呉葉と接触し、祈禱を依頼したというのだ。

正直私は、あまり乗り気ではなかった。もとから、オカルトめいたことはあまり信じている方ではない。だが、今真里亜に起こっていることを考えると、一概に否定できなくなった。それに、東城呉葉の顧客には、一流企業の経営者や政治家など、名だたる人物が名を連ねているようだ。その筋では一目置かれているという噂である。だから、霊能者から今後の対処法や心構えなどのアドバイスを受けることが、決して彼女のマイナスにはならないのではないかと考えたのだ。そこで、同行を申し出た次第なのである。

お茶を飲みながら、東城呉葉と歓談する。とりとめの無い話である。政治の話題や、芸能界の出来事、人気のテレビドラマについて……。和やかに会話は続く。東城呉葉は饒舌だった。高名な霊能者というよりは、おしゃべり好きのセレブ婦人といった印象である。真里亜の緊張もほぐれてきたのか、その表情には笑顔が浮かんでいる。すると、東城が時澤に視線を向けて言う。

「それで、今日は今度撮影する映画のことでしたね。どんな映画なの」

「はい。お電話でも少しお話ししたのですが、実話をもとにした映画でして、こちらが映画のシナリオになります」

そう言うと時澤がバッグから封筒を取り出した。なかに入っていたシナリオを東城に差し出す。

「あら、見ていいの」

「どうぞ。先生に進呈します」

「本当に？　ありがとう」

シナリオを手に取ると、東城は興味深そうにページをめくっている。時澤は、もとになった事件やこの脚本が書かれた経緯、二人の主演女優が自殺していることや「呪われたシナリオ」と呼ばれていることを簡潔に説明する。そして、真里亜が自ら命を絶とうとしたことについての話もした。

「つきましては、もうあのような恐ろしいことが起こらないように、先生にご祈禱を賜りたく……。もし、彼女に恐ろしい悪霊のようなものが取り憑いていたとしたら、お祓いをお願いできればと……」

「あの、あなた」

それまでは穏やかだった東城の口調が変わった。

「申し訳ないけど、私は悪霊という言葉が嫌いなの。霊の方だって、悪霊と言われるといい気分はしないでしょう。悪霊だって好きで悪霊やっているわけじゃないから。悪人といわれる人はいるけど、自分のことを悪人だと思っている人って、あんまりいないでしょ。それと同じよ。悪霊だって、もともとは人間だったんだから。どんなに悪い霊でも、みんなそうなったのにはそれ相応の理由があるのです」

「それは、失礼しました」

「いいのよ。どんな霊でも、皆さんがリスペクトする気持ちがあれば大丈夫だから」

シナリオのページを眺めながら彼女は言う。

「でも真里亜さんはすごいわね。俳優さんの一番初めに名前が書いてあるじゃない。映画の主演に選ばれるなんて、よほどの運と才能がなければ、できないことだわ」

「いえ、私なんかまだまだ駄目です。でも今は、自分の全力を出し切って、この役を演じたいと思っています」

「あなたが演じるのは、恐ろしい殺人鬼の役なのね」

「はい、そうです。身体を売りながら、客の男の首を絞めて、次々と殺していく女性の役です。最後は自分の恋人も殺してしまうんです。なぜ彼女がそんなことをするのか、台本を何度読んでも、彼女の気持ちが分かりませんでした」

深刻な顔で、真里亜が語り始める。

「理解しようと思い、モデルになった事件を調べていくうちに、犯人の女性と同化したような気持ちになって……。心のなかにいる犯人の女が、あなたに何が分かるのか、私を演じる資格なんかあるのかってあざ笑うようになったんです。それで、この役から逃げ出したい、この苦しみから解放されたいと思って、気がついたら、あんな恐ろしいことを……」

「そうなの……女優さんというのは大変なのね」

「でも大丈夫です。もう吹っ切れました。今はこの役を演じる自信があります。自信が無いなんて言ったら、私を選んで下さった方に申し訳ありませんから。だから今は、気持ちを新たにして、期待に応えられるよう、全力で撮影に挑むつもりでいるんです」

穏やかな声で、東城が言う。

「本当にそうなのかしら。あなたは本当に、この役を演じきる自信があるの」

当惑した表情を浮かべると、真里亜が目を伏せた。そして彼女は言う。

「ごめんなさい……正直に言います。まだ一抹の不安があります。また、あのときのように、心に潜む誰かが、私を死に誘《いざな》うのではないかという不安です……」

すると、訴えかけるように東城を見た。

「東城先生、教えてください。私には何か取り憑いていますか。もし恐ろしい何かが取り憑いているとしたら、どうすればいいのか……。お願いします、どうか私を助けてください」

そう言うと真里亜は深く頭を下げた。東城は温かな眼差しを彼女に向けて言う。

「分かりました。あなたはとても誠実で純粋な人なのね。私はあなたのことがとても好きになりましたよ。真里亜さん、一つ訊いていいかしら」

「はい……」

「あなた、男を知らないでしょう」

その言葉を聞くと、真里亜は驚いたように彼女を見る。

「ごめんなさいね。私には分かるのよ。最初に会ったときからそう思っていたの。あなたには男性経験がないって。そうよね」

戸惑いながらも、彼女が口を開いた。

「どうして……分かったんですか」

「だって、あなたみたいに純粋で、透き通るような感性を持った女性は、あまり見たことがないもの。だから、すぐに分かったの」

その言葉を聞いて、私は驚いていた。真面目なタイプだと思っていたが、男性経験がないとは知らなかった。恐らく時澤も初めて聞いたのだろう。目を丸くしている。すると、東城が言う。

「だから、あなたみたいな女性には、悪いものが取り憑きやすいのよ。さあ、それではそろそろ始めましょうか」

東城が立ち上がった。よろよろと歩いて行くと、リビングの奥のドアを開ける。

「さあ、どうぞ。真里亜さん、こちらにいらっしゃい」

「はい」

真里亜が立ち上がった。東城の方へと向かう。

ドアの向こうは、八畳ほどの洋室だった。窓が閉め切られ、真ん中にソファセットがある。暗がりのなか、部屋のところどころに設置された照明が怪しげな雰囲気を醸し出していた。中心のテーブルには、白いクロスが敷かれ、その上に大きな水晶玉や香炉、燭台などが並べられている。

東城は真里亜をソファに座らせると、リビングにいる我々に声をかけた。

「お二人もご覧になりたければ、こちらの部屋にどうぞ。このドアは閉めてしまうので」

「分かりました。それではぜひ」

時澤が立ち上がった。私も彼のあとを追い、隣室へと入る。

部屋のなかは、香炉に焼《く》べた抹香《まっこう》の匂いがたちこめていた。東城はドアを閉めると、そのまま部屋の奥へと向かった。棚にあった大きな数珠を手にして、真里亜の対面のソファに座る。私と時澤は彼女の背後に立ち、二人の様子を見ていた。

「ここに生年月日と名前を書いてください」

東城が真里亜に、小さな白い紙とサインペンを差し出す。

「はい」

それを受け取ると、真里亜はサインペンを手にして記入を始めた。東城は手元に用意してあったマッチを擦り、燭台の蠟燭に火を点ける。書き終わると、真里亜はそれを東城に渡した。受け取った紙をテーブルの上に置くと、彼女は言う。

「それでは始めましょう。何も怖くないから。あなたはリラックスして、ここに座っているだけでいいの」

「はい。分かりました」

東城は、真里亜の後ろにいる私たちに視線を向けた。

「時間は三十分くらいで終わりますから。終わるまでは、絶対に話しかけないでくださいね。お願いします」

そう言うと彼女は、テーブルの上の水晶玉に両手をかざした。真剣な眼差しで、水晶玉を見ている。数珠を手に取り、両手で握りしめた。ゆっくりと目を閉じる。真里亜は身を固くして、東城の方を見ている。「リラックスして」とは言われているが、なかなかそうはいかないだろう。

静寂が訪れた。聞こえるのは、かすかに外を走る車の音だけだ。暗がりのなか、わずかな照明と蠟燭の灯りが、二人の姿を照らしている。このような場面を目の当たりにするのは初めてだった。その様子を興味深く観察する。

矢庭《やにわ》に、東城の口がもぞもぞと動き出した。何か、祝詞《のりと》のような言葉を口ずさんでいる。彼女が、両手で数珠をまさぐり始めた。水晶玉を使ったり、祝詞を上げたりと、東城の祈禱は和洋折衷《わようせっちゅう》であるようだ。次第に彼女の声が大きくなってきた。祈禱の声も、はっきりと聞こえてくる。真里亜は目を閉じて、下を向いている。

そのまま十分ほどが過ぎた。

祝詞を唱える東城の声も、さらに熱を帯びてきた。部屋のなかは冷房が効いているというのに、彼女の額には、汗が滲んでいる。激しく数珠を上下に揺らしながら、祝詞を暗唱し続ける東城。俯いたまま、じっとなにかに耐えているような真里亜。時折、口に手を当てて咳き込んでいる。

すると、東城の声が止まった。手を下ろして、はあはあと息をしている。何やら苦しそうだ。心配になったが、さっきの東城の言葉を思い出した。祈禱が終わるまでは、声をかけてはいけないのだ。固唾を呑んで、彼女の様子を見ている。しばらくするとまた、東城の口が動き出した。数珠をまさぐり、また祝詞を唱え始める。

苦しみにあえぎながらも、鬼気迫る表情で祈禱を続ける東城。その姿は、まるで目には見えないなにかと戦っているようだ。彼女の年齢を考えると、ここで万が一のことがあってもおかしくない。そう思うと、いささか不安になった。

そのときである。何やら洟をすすり上げるような声がした。声は真里亜の方から聞こえてくる。視線を送ると、彼女は俯いたまま、背中をぶるぶると震わせていた。私の位置からは、よく見えなかったので、少し身体を動かして真里亜の顔を覗き込んだ。

髪の毛に隠れていて、表情はよく見えなかった。でも泣いているのは分かった。片手で口元を押さえ、嗚咽の声を上げている。何度も顔に手をやって、流れる涙を拭っている。

なぜ彼女は泣いているのだろうか。

すぐに駆け寄って、訊いてみたい衝動にかられた。もちろん今は、そんなことはできない。私にできるのは、そんな真里亜の姿をただ見守り続けることだけだ。

しばらくすると、数珠を激しく揺り動かしていた東城の手が止まった。祝詞の最後の節を高らかに唱えると、彼女は口を閉ざした。黙禱したまま、荒い息を整えている。ゆっくりと目を開けると、祈禱が終わったことを私たちに告げる。始まってから、丁度三十分が経っていた。東城から、リビングで待っているように言われ、私たちは真里亜と部屋を出た。

リビングに戻り、ソファに腰掛ける。真里亜はソファに置いたバッグからハンカチを取り出し、目のあたりを拭いている。涙はもう止まったようだが、目頭や鼻先は赤くなっていた。時澤が彼女に告げる。

「お疲れさまです」

ハンカチを手にしたまま、真里亜は小さく頷いた。


五分ほどして、隣室から東城が出て来た。その足取りは重く、顔には疲労の痕が見て取れた。その後、新たな飲み物と、チョコレートケーキが運ばれてきた。「お構いなく」と遠慮したが、こうしてお菓子を食べながら話すのが決まりなのだという。ケーキは東城の手作りで、甘すぎずほろ苦い、上品な味である。東城が真里亜に言う。

「よく頑張ったわね。偉いわ」

「いえ……」

「どう、今の気分は?」

「はい……すごく落ち着いています。あの……先生こそ、途中何度か苦しそうで、とても心配でした」

「私は大丈夫ですよ。こんなの慣れっこですから。でも正直に言うと、ちょっと大変でした」

「大変?」

「ええ、そうです。厄介なことに、あなたの近くには、黒くて邪悪なものがいたから、手間取ってしまったの」

その言葉を聞いて、真里亜が息を飲んだ。

「では、私を苦しめたり、死に追いやろうとしたのも、その……黒くて邪悪なものの仕業なんでしょうか」

「ええ、関係ないとは言えないわね。でも心配しないで、その邪悪なものはあなたには取り憑いていないから……」

真里亜は真剣な顔で、東城の話を聞いている。

「私には分かったの。それは決してあなたに取り憑くことはないってことが。だから、安心して撮影に臨んでください。あなたが強い気持ちで演じていれば、もう危害を加えることはないでしょう」

「分かりました。ありがとうございます。先生、一つお訊きしてよろしいでしょうか。そのものの正体は、人間なのでしょうか？　もし人間だとしたら、誰だかお分かりになりますか」

「さあ、そこまでくわしくは分からないわ」

思わず私が口を挟んだ。

「もしかしたら、その正体は、映画のモデルになった平山純子という殺人鬼の女なのでしょうか。その女は十七年前に獄中で病死しています」

「ごめんなさいね、本当によく分からないの。その邪悪なものの正体が、その殺人鬼の女かどうかは……。そうかもしれないし、違うかもしれない。まあ、でも少なくとも、もう真里亜さんは大丈夫だから。あなたには取り憑いていない。そのことは断言するわ」

東城が言葉を続ける。

「でも、十分に気をつけてね。あなたは人一倍感受性が強く、純潔で清らかだから、さっきも言ったように、悪いものに狙われやすいのよ。でも、それがあなたのいいところだから。自信を持って行動すれば、絶対に寄り付いて来ないわ」

「はい、頑張ります。でも先生……私はそんな人間じゃないんです……。私は子供のころから、自分自身が大嫌いでした。いつも思っていたんです。私なんか、なんで生まれてきたんだろうって」

「そんなことないわ。あなたは素晴らしい人間ですよ。私にはよく分かっていますから。そんなに自分を蔑《さげす》むことはないわ」

「ありがとうございます。……先生にそう言っていただけると、自信が湧いてきます」

そう言うと真里亜は、静かに頭を下げた。

二〇一六年七月十六日

昨日、映画のスタッフから連絡があった。クランクインが、一週間後の七月二十三日に決まったとのことだ。

およそ一ヶ月あまりの撮影だという。いよいよ映画が始動することになった。真里亜は今どんな気持ちでいるのだろうか。今日は、彼女の心境を確かめるべく、取材の時間を作ってもらった。場所は都内にあるカフェの個室スペース。二ヶ月ほど前、彼女に初めて話を訊いた場所である。

午後一時四十分、真里亜がやって来た。淡いブルーの半袖のブラウスに、白いロングスカートをあわせたコーデで現れた彼女。夏らしくとても爽やかで、清楚な印象を際立たせていた。私服姿は、ジーンズやパンツスタイルしか見たことがなかったので、とても新鮮である。真里亜と会うのは、東城呉葉の祈禱の日以来だった。だがあのときとは違い、彼女の表情は朗らかで、顔色も良かった。ちょっと安心する。

「じゃあ、今日はいろいろと話を聞かせて下さい。もうすぐクランクインですが、今はどんな心境ですか？」

「はい、私のせいで撮影が延期してしまったことを、大変申し訳なく思っています。そんな私を許してくれて、温かく迎えてくれたスタッフやキャストの方々には、感謝しかありません。やるからには、全力を出し切って、この役を演じきりたいと思っています」

「期待しています。この前、東城呉葉さんのご祈禱を受けましたが、そのときの感想について教えていただけますか」

「とてもすっきりしました。自分の心に沈殿していた感情の毒素のようなものが、すべて浄化された気持ちになりました。これでなんの迷いもなく、撮影に挑むことができます。東城先生のおかげです。感謝してもしきれません」

　東城呉葉の祈禱を受けて、本当に良かったと思う。私自身、最初は疑心暗鬼であったのだが、結果的には、彼女の不安を払拭することに役立ったようだ。そういえば東城は、真里亜に男性経験が無いことを言い当てていた。俄《にわか》には信じがたいことではあるが、彼女の顧客が「その力は『本物』であると、みな口を揃えて言う」という話は、あながち誇張されたものではないのかもしれない。

「ご祈禱のとき、真里亜さんは泣いていましたね。それはなぜでしょうか？」

「私にも、よく分かりませんでした。何で泣いてしまったのか。色んなことを思い出してしまって……。母のこととか、妹のこととか、自分で命を絶とうと思ったこととか。なんで死のうなんて馬鹿なこと考えたんだろう。そう思うと、自分自身が本当に嫌になってきて……」

目を伏せながら、真里亜は切々と語り続ける。

「でも自分の行いが、どんなに罪深いことだったのかも悟りました。自ら命を絶つことが、なんの贖罪にもならないことも。そんなことを考えていたら、涙が込み上げてきて。それであんな風に……」

「そうだったんですね。教えていただいて、ありがとうございます」

彼女が泣いていたのは、やはり、自ら命を絶とうとしたことに対する悔悟の表れだった。真里亜の気持ちを思うと、胸が締め付けられた。

「さあ、いよいよ一週間後に撮影が始まります。真里亜さんは以前、主人公の感情が見えないと苦しんでいました。どうですか、今はその気持ちは分かりますか？」

「そうですね……完全に見えたと言ったら、噓になるでしょう。でも、あのときよりは、少しは近づいたのではないかと思っています。彼女は多くの人の命を奪った恐ろしい殺人鬼なのですが、それと同時に、一人の女性でもありました。彼女だって、最初から人殺しではなく、普通の人間だったんです。だから、監督とも話し合ったのですが、殺人鬼だからといって奇を衒《てら》うことなく、私たちの日常の世界に普通にいるような女性を演じることを心がけようと決めました」

潑剌とした表情で、真里亜は話し続ける。

「それと、もとになった事件の資料を読むと、犯人の女性も、自分自身よく分からないうちに、何かの衝動に突き動かされて、殺人を犯したという告白があります。そこにヒントがあるのではないかと今は考えています。理屈ではなく、感覚で演じるのです。そうすれば少しでも、彼女に近づけるのではないかと思うんです」

「そうですか。ありがとうございます。真里亜さんの演技を見るのが、とても楽しみになりました。クランクインが決まったことは、妹の美津紀さんには報告されましたか」

「はい、すぐに連絡しました。とても喜んでくれました。全力で応援したいと言ってくれました」

「お姉さんの沙耶香さんには？」

「姉にも、すぐに伝えました。体調が良ければ、撮影現場を見に行きたいとも言っていました。私としては、姉の前で演技するのは、少し気恥ずかしいのですが」

そう言うと彼女は、ほのかに顔を赤らめた。

「それでは最後に、初主演の映画の撮影に挑む、今の気持ちを教えてもらえますか」

「はい、ここに来るまで多くの方に迷惑をかけてしまいました。でも、この役を演じるために深く思い悩んだり、苦しんだりしたことも、撮影に入れば、それは自分の大きな糧《かて》になるのではないかと、前向きにとらえています。今はとても楽しいんです。この〝吉川凜子〟を演じるということが……。最後まで演じきり、早く一人の女優として認められる存在になりたいです。亡くなった母と、姉と妹のためにも……。夢に向かって、精一杯頑張りたいと思っています」

決意を込めた眼差しで真里亜は語った。未来への希望に満ち溢れた彼女の顔。それは、私が今まで見たなかでも、もっとも清々しく魅力的なものだった。

男性六人を次々と殺害した女殺人鬼という難役。主人公の感情が見えないという苦悩。演じる女優が、次々と命を絶ったという「呪われたシナリオ」。数々の困難を乗り越えて、ついに彼女は撮影に挑むこととなった。筧真里亜という女優は、透き通るような純粋な心の持ち主である。

この二ヶ月間、私は取材を続けて、そのことを実感した。

窓から差し込む陽光が、彼女の容姿を際立たせ、光の輪郭を形作っている。その姿を見て、私の脳裏には「聖女」という言葉が浮かび上がった。

初めて会ったとき、私は真里亜の魅力をどう言い表せばいいか言葉に窮していた。聖女という言葉は、彼女を表現するのに最も適しているのではないかと思う。聖女とは宗教的なことに生涯を捧げてきた神聖な女性を意味するのだが、高潔で慈愛に満ちた女性を指して、そう形容することもある。

存在しているだけで、周囲の空気が変わるような真里亜。彼女はまさに、純真無垢な聖女という言葉が相応しい女性である。真里亜ならば、絶対にその夢を叶えることができるに違いない。

私は今、その素晴らしき瞬間を目の当たりにしているのかもしれないのだ。

一点の曇りもない、汚《けが》れなき彼女の瞳を見て、そう確信した。

ルポルタージュ2 「証言」

取材・文　江崎康一郎《えざきこういちろう》

相島卓監督の新作映画が撮影中止

「子宮の記憶」で知られる相島卓監督の次回作として予定されていた「殺す理由」の撮影が、中止されていたことが分かった。「殺す理由」は、九〇年代に起きた「ホテルの絞殺魔事件」と呼ばれる連続殺人事件をテーマにした作品。関係者によると、中止の理由は、主演予定だった女優が降板を申し出たからだという。主演する予定だったのは、オーディションで選ばれた女優の筧真里亜（25）。降板の理由は明らかにされていない。本作は一年前にも別の監督で制作が進められていたが、クランクインを前に主演女優が亡くなっている。また、シナリオが書かれた一九九七年にも映画の制作が中止されており、映画関係者の間では、「呪われたシナリオ」ではないかという噂が立っていた。現在制作サイドでは、撮影を再開するかどうかが検討されているが、代役の見通しが立っておらず、制作は暗礁に乗り上げている。

先日、某映画専門雑誌に掲載された記事である。インターネットでも配信されたので、目にした方もいるかもしれない。

この記事を読んで、私はとても残念に思った。なぜなら私は、ある理由から筧真里亜という女優に多大なる関心を抱いていたからだ。そのため、映画「殺す理由」の制作が進められているということは、知人の映画関係者から聞いて知っており、興味を持っていた。もちろん「エンタメジャーナル」に掲載された、高柳みき子というライターが撮影前に彼女に密着したルポ（「夢の途中――筧真里亜という女優を追って――」※以下「夢の途中」と表記）も読んでいる。

なぜ筧真里亜は、映画を降板したのだろうか。「夢の途中」では、葛藤を乗り越えて「夢に向かって、精一杯頑張りたい」と、撮影に臨む意気込みを語っていたはずである。記事には、降板の理由について、とくに言及はされていなかった。気になったので、知人の映画関係者を伝手に、「殺す理由」の制作に関わったスタッフを紹介してもらい、事情を訊くことができた。

その人物によれば、クランクインの前日、プロデューサーのスマホに、筧真里亜から降板の意思を告げるメッセージが届いたという。それから一切、連絡が取れなくなったようだ。自宅のコーポを訪れてみても、部屋には彼女の姿はおろか、荷物もすべてなく、もぬけの殻の状態だった。管理会社によると、賃貸借契約はすでに解除されているとのことである。真里亜の妹にも連絡したが、彼女も行方が分からないとひどく動揺している様子だった。また姉が迷惑をかけて本当に申し訳ないと、謝罪を繰り返すばかりだったという。

これはどういうことなのか？

なぜ筧真里亜は、撮影を前に姿を消したのだろうか。彼女は難関のオーディションを勝ち抜き、夢にまで見た主演女優の座を射止めたはずである。何らかの心境の変化が起きたのか。それとも、降板せざるを得ない事情でも生じたというのか。

この事実を知って、筧真里亜という女性にさらなる興味を抱いた。私には、彼女に直接会って、話を訊きたいという事情があった。とはいえ、情報はほとんどなかった。もちろん会ったこともないし、映画やドラマに出演している場面も目にしたことはない。インターネットの画像検索で見ても、解像度の悪い写真が数点あるのみだった。それもそうである。「夢の途中」にも記述されていたとおり、彼女は女優としては限りなく無名に近い存在なのだ。

ちなみに、本人がSNSをやっていないか、ネット上を隈無く調べたが、結局見つからなかった。女優なら、宣伝や告知のためにSNSを活用しているのではないかと思ったが、ネット上で得られた情報は、わずかな顔写真と、映画やドラマのサイトのキャスト欄に彼女の名前をいくつか見つけただけである。筧真里亜に関してくわしく記述されているのは、今のところ「夢の途中」しかなかった。

そこで私は、独自に彼女について調べてみることにした。筧真里亜の出演歴などから、同じ作品に携わったスタッフや関係者を調べ、取材を試みたのだ。

以下は、かつて彼女と交流したという人物の証言をまとめたものである。

前野《まえの》幸子《さちこ》（仮名）　四十五歳

フリーランスのメイクアップアーチスト。これまで数多くの映画やドラマでキャストのメイクを手がけてきた。職歴は二十年以上にわたり、監督やスタッフの信頼も厚く、ある人気女優は、必ず彼女を専属メイクとして指名するほどだ。

取材は、調布《ちょうふ》駅近くのファミリーレストランで行われた。調布駅近辺には映画の撮影スタジオが複数存在している。その日は、近くのスタジオで映画の撮影があり、仕事終わりに時間を作ってもらったのだ。

白いブラウスに紺のジャンパースカート姿の前野。身長は小柄で、気さくな感じのする女性だった。ベテランのメイクさんということもあって、少し怖い人かもしれないと勝手に想像していたが、その印象は真逆であった。メイクは俳優と直《じか》に接する仕事なので、彼女みたいな親しみやすいタイプが好まれるのだろう。前野が筧真里亜と知り合ったのは三年前だという。真里亜はそのとき、彼女がメイクとして参加していた映画の出演者の一人だった。

「映画って言ってもね、あんまり予算のない、ほとんど自主制作映画みたいな現場だったんですよ。昔から世話になっている監督から声をかけられて、私もやることにしたんです」

　前野が言う映画とは、二年前に公開された恋愛をテーマにしたインディーズ作品である。この映画のキャスト欄に筧真里亜の名前があった。もちろん主演などではない。俳優の序列を見ると、あまり重要な役ではないようだ。今回前野に取材したのは、映画の公式サイトのスタッフ欄に、彼女の名前が掲載されていたからだ。そこで、前野のＳＮＳを見つけて連絡を取り、取材交渉を行ったという次第である。

　ちなみに、今回調べたなかで判明した筧真里亜の出演作は、件《くだん》のインディーズ作品と、もう一本別のホラー映画だけだった。ほかにも出ているのかもしれないが、ネットで分かったのはその二本だけである。

「筧真里亜さんが失踪したことはご存じでしたか」

「いえ、今初めて知りました。映画の主演が決まっていたんでしょう。なんで失踪なんかしたんでしょうね」

「行き先とか、心当たりはありますか？」

「さあ、わかりませんね。私は『××××（インディーズ作品の題名）』以来、彼女と会っていませんから。撮影の期間も、二週間くらいでしたし」

「筧真里亜さんのことは覚えていますか」

「もちろん覚えていますよ。目鼻立ちの整った、きれいな子でしたね。肌質も良くて、髪もストレートで癖がないので、メイクはあまり手がかからなかった印象があります。私はおしゃべりなので、メイクしているときには俳優さんとよく話すんですが、受け答えがとてもハキハキとしていて、礼儀正しくて、感じの良い子でした」

「彼女はどんな役柄だったんでしょうか」

「主人公が勤務しているオフィスのＯＬの役でした。台詞はあまりなかったけど、頑張っていましたよ」

「そうですか。そのほかになにか、彼女についての印象をお聞かせ願えますか？」

「彼女の印象？　そうですね……。本当にいい子でしたよ。気配りもできて、悪い印象はありませんでしたけど……。あ、でも、そうそう、一部のスタッフからの評判はあまりよくなかったみたいですね。彼女のことを悪く言う人もわりといたみたいですから」

「悪く言う人ですか」

「ええ……まあ、私は直接聞いたわけじゃないですけど、私の助手の子がいろいろと彼女の風評を耳にしていたみたいで」

「それは、どんな風評ですか」

「まあ、よく聞くのが、人によってものすごく態度が変わるっていうことですかね」

「筧真里亜さんがですか？」

「ええ……監督とか、私とかの前ではすごく行儀がいいんですけど、助監督とか制作進行とかの前では、偉そうな態度を取ることがあるらしいんです。いや、ほんとかどうか分かりませんよ。私は見たことがないので。そうそう。メイクのときも、私が忙しくて助手の子がやっていると、話しかけても無視されたことがあったって、ものすごく怒っていました」

「そうなんですか」

「まあ、人を見て態度を変えるというのは、彼女の仕事柄、ある程度は仕方のないことかもしれませんけどね。偉い人に気に入られなければ次の仕事につながりませんから。でも、私の経験上、そんなことをあからさまにやって売れた人はあまりいないんじゃないかな。みんなもっと上手くやってますから。それと彼女はものすごく上昇志向が強いという話も聞いたことがあります。まあ、それも悪いことじゃないのかもしれませんけど、あまり表に出すのは、ちょっとね」

「上昇志向が強いというのは、例えばどういうことですか」

「仲間内の飲み会の席かなんかで、『今回の役はプロデューサーに頼まれて、仕方なくやっている』とか『本当はもっといい役をやるはずだった』みたいなことを口にしていたそうです。それと『いずれ自分はもっと売れるから、今回みたいな役はあとでお宝映像になるかも』というような発言もあったようです。これを冗談じゃなく、真顔で言っていたそうですから……。でもこれはみんな聞いた話ですから。いずれにせよ、私の前では、本当に感じのいい、礼儀正しい子だったんですから」

福井亮一《ふくいりょういち》（仮名）　三十三歳

「彼女が失踪したから、取材しているんですか」

「失踪したのは、ご存じでしたか」

「ええ、もちろん知っていますよ。筧真里亜が主演映画を降板して、行方不明になったってこと。業界じゃちょっとした噂になっていますから」

そう語るのは、映画の助監督を生業とする福井亮一である。顔は無精髭に覆われ、リュックにジーンズ姿の、いかにも映画業界の人間らしい風体《ふうてい》だ。取材は、彼の自宅近くの私鉄沿線の駅前にある喫茶店で行われた。

「筧真里亜さんについては、どんな印象の女優さんでしたか」

「さあ、あんまり覚えてないけど……。演技は下手な方ではなかったですね。台詞もちゃんと入っていたし、NGもほとんどなかったと記憶しています」

福井が三年前に参加していたのが、前述の筧真里亜が出演したホラー作品である。そのとき彼は、セカンド助監督として、制作に携わっていた。

「その映画では、筧さんは、どんな役柄だったんでしょうか」

「高校を舞台にしたホラー映画だったんで、主人公のクラスメートの一人です。最初は重要な役じゃありませんでしたけど、監督が筧真里亜のことを気に入っていたみたいで、現場でシナリオにない台詞を与えていましたね。彼女もそれに応え、熱心にやっていましたよ」

「なるほど。それでは筧さんは、女優としての実力はあったということなんですね」

「ええ、まあ、そうじゃないかなとは思います」

「彼女は女優として大成するような予感はありましたか」

「いや、そんな予感はあまりなかったですね。演技は悪くないし、黒髪の清楚系でビジュアルもよかったけど、取り立てて、それ以上のものは感じられなかったというのが正直な印象です。売れる女優さんって、新人のころから、オーラとか輝きみたいなものがあるでしょう。それが彼女からは感じ取れなかったっていうか……でも、ぼくの意見はあまり当てにしないでください。これまで、この子は売れるかもと思った女優は売れなくて、この子は駄目だなと思った女優が売れているので、ぼくは見る目がまったくと言っていいほどありませんから」

そう言うと彼は自虐的に笑った。

「そうなんですか。ありがとうございます。率直なご意見をお聞かせいただいて」

「いえ、この業界にはよくいるんです。あの女優は最初から売れると分かっていたとか、あの子は新人のころに俺が育てたとか言って自慢する人。カッコ悪いでしょ」

「ちなみに、そのほかに筧真里亜さんに関して覚えていることなどありますか?」

「覚えていることですか……そうですね」

「例えば、彼女は人によって態度を変えるとか、そういったことはありませんでした?」

「さあ、それはどうでしょうか?　どうしてそんな質問をなさるんですか」

「実は筧真里亜さんのことを取材していて、別の方から、そういう印象があったという話を伺いましたので」

「そうですか」

彼は腕を組んで考え込んだ。そして口を開いた。

「確かに言われてみれば、そうだったかもしれませんね。ぼくら助監督とはほとんど会話はなかったけど、監督にはやたらと話しかけていましたし。ここだけの話、ぼくも、彼女は清純そうに見えて、実は腹黒いんじゃないかと思っていました」

「腹黒い？」

「いや、別に確証があるわけじゃないんです。でも本番前に、監督からの指示を彼女に伝えたことがあって。別にそんな難しい指示じゃなかったんです。彼女も『分かりました』って、元気よく答えて。それで、ぼくがカメラ脇に戻ろうとしたとき、なにか舌打ちをするような音が聞こえてきたんです。空耳だったのかもしれませんけど。でもやっぱり、ぼくが立ち去ろうとした時に聞こえたんで、間違いないと思うんです。気になって振り返ったんですけど、彼女は何食わぬ顔をしていました」

「なぜ舌打ちなんかしたんでしょう」

「さあ、それは分かりません。監督からの指示が不服だったのか、それとも、監督からではなく、助監督からの伝言という形が気に入らなかったのか。彼女は、見た目は可愛らしいんですけど、目の奥は笑っていないというか、そんな感じがするんです。スタッフと話すときも、礼儀正しくて慎み深い感じがするんですけど、腹の底では、あの人は自分の得になるとか、ならないとか、常に計算している気がして……。あ、すみません。これは飽くまでも個人的な感想なので……。でも先ほど、彼女に対して同じような印象を持たれた方がいたと仰っていましたね。ぼくだけじゃなかったんですね。そう感じていたのは」

「では、もう一つ訊かせて下さい。彼女が失踪したと聞いたときは、どのように思われましたか？」

「驚きましたね。知り合いの演技事務（俳優のスケジュール調整などを行うスタッフ）から、真里亜がオーディションで映画の主役に選ばれたと聞いていましたから。まあ、彼女が主演に決まったって聞いたときは、ぼくには見る目がなかったと痛感していたのですが、まさか降板するなんて、思いもよりませんでした」

「なぜ彼女は役を降りたんでしょうか？　福井さんはどう思われますか？」

「さあ、分かりませんね。これは想像ですけど、自分には無理だと思い、逃げ出したんじゃないでしょうか。彼女は彼女なりに、主役の器ではないことを悟ったんでしょう。身の程をわきまえたということですよ。きっと」

「そうですか。ありがとうございます」

「ああ、そうだ。それと彼女には整形しているのではないかという疑惑もありますね」

「整形ですか」

「ええ、この前のオーディションで、久しぶりに会ったスタッフが、『目元とか、鼻筋とか感じが少し変わっていたんで、顔に手を加えたんじゃないか』って。別に整形することは悪いことじゃないかもしれないし、韓国の女優とかは整形を公表していますけど、そういう話を聞くと、ぼくはちょっと引きますけどね」

五十嵐孝介《いがらしこうすけ》（仮名）　四十八歳

筧真里亜がかつて所属していた芸能事務所のマネージャー。助監督の福井から連絡先を教えてもらい、取材を依頼した。五十嵐の事務所のオフィスで話を聞く。

「筧さんがこちらの事務所に所属されていたということですけど、それはどれくらいの期間でしょうか？」

「ええ、確か真里亜は二十歳のとき、うちに来て、一昨年に辞めたんで、三年ほどでしょうか」

淡々とした口調で語る五十嵐。どこか朴訥な印象のする人物だ。シンプルなジャケットに銀縁眼鏡をかけており、タレントのマネージャーというよりは、学校の先生といった風情である。以前は、別の事務所で某人気俳優のマネージャーを長年にわたり務めていたという。

現在彼が所属する事務所は、さほど大手というわけではないが、多くの若手俳優が所属していることで知られている。近年は映画祭の新人賞を取るような役者も輩出しており、頻繁にワークショップが行われるなど、タレントの指導に力を注いでいる。

「なぜ筧真里亜さんは、こちらの事務所に所属することになったんでしょうか」

「知り合いのマネージャーの紹介でしたね。すごくいい子がいるんで、面倒見てくれないかって。会ってみると、外見も良かったし、やる気もあったんで、うちで預かることにしました」

「五十嵐さんから見て、筧さんはどうでしたか？」

「一生懸命やっていましたよ。彼女は、十一歳のときにシングルマザーだった母親を亡くし、苦労したそうだから、絶対に売れてやるんだって意気込んでいました。家族を捨てて、家を出た父親を見返してやるんだって。オーディションも次々と受けさせましたよ。ことごとく落ちましたけど、めげずに頑張っていました」

「じゃあ五十嵐さんは、手塩にかけて彼女を育てていたということですね」

それを聞くと、彼は苦笑いを浮かべて言う。

「まあ、そういうことになりますね。私も売れてほしいと思っていました。真里亜には演技力があったから、成功すると信じていました。いい役に恵まれて、話題になって、いずれは主役を張るような女優になってくれたらと、期待をかけていましたから」

「筧さんは一昨年に辞めたということですね。彼女は去年と今年の二回、映画『殺す理由』のオーディションを受けていますが、それについては、五十嵐さんは関わっていないということですか」

「ええ、そうです。一切関係していません。彼女はフリーになったんで、自分でオーディションの募集を見つけて、応募したんじゃないでしょうか」

「そうですか。なんで筧さんは事務所を辞めたんでしょう」

「彼女の方から言ってきたんですよ。フリーになりたい。ここにいてもろくな仕事がないからって、はっきり言われましたよ」

「引き止めたりしたんですか」

「いや、そこまで言われたら、こちらとしても引き止める理由はありませんよ。彼女はいろいろと問題もありましたので」

「問題ですか」

「ええ、まあここだけの話、クレームがあったんですよ。撮影現場でいろいろと軋轢《あつれき》があったらしくて」

「軋轢とは、具体的にはどんなことですか」

「いや、私もずっと現場にいるわけじゃないのでくわしくは分からないのですけど、例えば、同じ歳くらいの女優にマウントを取って泣かしたり、その女優が、台詞が言えなくてＮＧを出したときも、暴言を吐いて精神的に追い込んだりとかしていたらしいんです。彼女は自分の演技に自信があったから、そういった俳優を見ていると許せないそうなんです」

「なるほど、そんなことがあったんですね」

「プロデューサーから、真里亜がいると現場の雰囲気が悪くなるから、なんとかしてくれないかと言われまして……。それで彼女を呼んで注意したんです。俳優で大成しようと思ったら、芝居が上手い下手だけじゃないって。演技って、その人の人間性が滲み出てくるものだから、まずは自分の人間性を磨くように努力しなさいって。現に売れている役者さんはみんな、人間的な魅力がある方ばかりです。だから、誰からも好かれるような人になってほしい。偉い人とか立場が低い人とか分け隔てせず、みんなに愛を持って接するようにしてほしいって。私がそう言うと、最初は『はい、はい』と大人しく聞いているんですけど、次第に目を背けて、最後は『分かりました』って言って、ぷいっと去ってしまうんです。きっと真里亜はこう思っているんです。誰よりもいい演技をすれば、別にいいじゃないって。そんな甘っちょろいことを言ってたら、この生き馬の目を抜く芸能界では生き延びられないって……。結局最後まで、彼女には分かってもらえませんでした。私はとても残念に思っているんです。真里亜は女優としては素晴らしい人材だと思っていましたので」

「そうだったんですか。ほかにも、なにか問題とかありましたか？」

「ええ……それ以外にもいろいろとありましたが、これ以上はご勘弁ください。私の口からは、あまり言いたくないことですので……」

五十嵐は言葉を濁した。

「分かりました。彼女がオーディションを勝ち抜いて、『殺す理由』の主役に選ばれたという話はご存じでしたか」

「もちろん知っていました」

「それを知ったときは、どう思われました？」

「正直複雑な気分ですよ。うちにいるときはオーディションに落ち続けていましたから。でも、私が目をかけていた子が認められたので、よかったという気持ちもありました。真里亜はずっと頑張っていたから、やっと夢が叶ったんだって。あの映画は確か、GMグループが出資していると聞いていましたから、公開されると話題になると思っていましたので」

「GMグループが出資しているんですか？」

「ええ、そう聞いています」

ご存じの方も多いと思うが、GMグループとは、業界でもトップクラスの大手芸能事務所である。人気俳優や地上波で冠番組を数多く持つお笑い芸人、アーチストなど多くのタレントが所属している。

「でもGMグループには、たくさん女優がいるでしょう。系列の事務所にも、若い女優が大勢いますし。なぜオーディションして、自社のタレントではなく、フリーの女優を選んだんでしょうか？」

「さあ、そこのところはくわしく知りません。真里亜が選ばれたと聞いたとき、私はGMグループに所属するのではないかと思っていました。私にははっきりとは言いませんでしたが、彼女はGMグループへの移籍を希望していたという話を耳にしたこともあります。あの事務所に入れば、女優として売れるのは間違いないですからね。うちの事務所にいるよりはよっぽどいいでしょう。でもまさか、失踪するとは夢にも思っていませんでした」

「筧さんが失踪した理由について、なにか心当たりはありますか」

「さあ、どうでしょうか。映画の主演は、真里亜がずっと目指していた目標の一つでしたから、自分から降板するとは思えません。なにか、トラブルのようなことがあったんですかね。まあ、私としては、それを知る由もありません。もううちの事務所とは、関係のないことなので」

市川有紗《いちかわありさ》（仮名）　二十六歳

「もう二度と、彼女とは関わり合いになりたくないと思っていました。あの子の名前を聞くだけで、気分が悪くなってくるんです」

そう言うと彼女は、うすくルージュを引いた唇を噛みしめた。

市川有紗は、黒目がちのコケティッシュな雰囲気がある女性である。ショートカットのヘアスタイルがよく似合っている。彼女は現在、都内にあるフレンチレストランに勤務している。以前は女優として活動していた時期があり、筧真里亜とも交流があった。

「江崎さんからのメールを見たときは、絶対に取材を受けたくないと思っていました。彼女のことは、私のなかで封印されていたので、もう二度と思い出したくはなかったのです。でも、電話でお話を伺い、考えが変わりました。真里亜の存在は私にとってある種のトラウマでした。すべてを話したら、もしかしたら、トラウマから解放されるかもしれない。そう思い、取材を受けることにしました」

　取材は、彼女の自宅近くにある公園のベンチで行われた。もくもくと入道雲が湧く青空の下、切々と当時のことを語る市川。女優をやっていたからなのか、彼女の声は滑舌がはっきりとして、聞き取りやすい。

「収録が始まったころは、とても親しくしていたんです。撮影現場って、年上の男の人ばかりで、独特の緊張感があるでしょ。だから、真里亜のような年が近い子がいて、ほっとしていました。それで、休憩時間とかにお弁当を一緒に食べたり、帰る方向も同じだったので、すぐに仲良くなったんです」

　彼女が筧真里亜と出会ったのは、某テレビ局で放送されていた連続ドラマだったという。二人とも、そのドラマのレギュラー出演者であった。

「撮影の合間に、二人でよく話したりしました。一緒に頑張ろうって、役のことについて語り合ったり、台本の読み合わせをしたり……。彼女のことを変だなと思い始めたのは、しきりに私の演技の感想を言うようになったからでした。もっと、この台詞はこう言った方がいいとか、あのときの演技はもっとこうするべきだったとか。最初は、有り難く彼女の意見にも耳を傾けていました。でも、段々それがエスカレートしていって、執拗にダメ出しをするようになって」

「どうして彼女は、そんなことを言ったんでしょうか」

「多分、私に嫉妬していたのではないかと思います。はっきり言って、ドラマの役柄は私の方がいい役でした。彼女はエキストラのような端役で、台詞もほとんどない役だったんです。真里亜は私よりも歳は一つ下だけれど、撮影現場での経験は彼女の方がありました。だから、プライドが許さなかったのかもしれません」

「それで、あなたは彼女と距離を取ろうとしたんですね」

「ええ……そうすればよかったんですけど、真里亜はそこが上手いんです。普段は、彼女は本当に優しくて、とてもいい子なんです。二人で話していても楽しくて、面倒見もよくて。だから撮影現場では、結局彼女と一緒にいることになるんです。でも、読み合わせをしていると、急に人が変わったようになって、私の演技をなじるんです。まるで彼女のなかに、二人の人間がいるかのようでした」

　彼女の口調は熱を帯びてきた。

「ある日、こんなことも言われました。グラビアから出て来た人は、演技に苦労するから大変ねって。確かに私は、雑誌のモデルやグラビアをやっていた時期がありました。でも、きちんと演技のワークショップにも通って勉強をしていました。舞台も何度も経験したことがあります。女優になるのが子供のころからの夢で、私なりにずっと努力していたんです。怒りが込み上げてきました。反論しようとしたら、彼女は言うんです。私の目をじっと見て、まるで親が子を諭すみたいに。私はあなたのために言っているの。冷静に自分を見つめて、もっと演技を磨かないと。

このままじゃあなた、だめになってしまうかもしれないから、そう思うと心配でたまらないのって……。そしたら私、何も言えなくなって」

「なるほど、そんなことがあったんですね」

「決定的だったのは、本番で私が台詞を言い間違えてしまい、NGを出したときのことでした。そのときも、あんな大事なシーンで平気でNGを出すなんて、役者として逆にすごいとか、いい芝居をしていたほかの役者さんとか監督が気の毒とか、一つのミスで現場の雰囲気が悪くなり作品のクオリティーが下がるとか、演技に対する意識が低くてもできるから女優という職業は不思議ねとか、ねちねちと私のことを揶揄するんです。さすがに私も参ってしまって、マネージャーにもう辞めたいって言ったんです。それで理由を聞かれて、真里亜のことを正直に話しました。事情を知ったマネージャーが、スタッフにクレームを入れて、彼女は厳重に注意されたとのことです」

そのあたりの経緯は、筧真里亜のマネージャーだった五十嵐孝介の証言と一致している。

「それで、筧さんはどうなったんですか」

「そのあと現場に行くと、すぐに謝ってきました。目に涙をいっぱい浮かべて、彼女はこう言うんです。あなたを傷つけるつもりはなかった、作品が少しでもよくなればという思いを込めて言ったつもりだけど、自分が思い上がっていることにやっと気づきました。本当にごめんなさいって、深々と頭を下げて……。でも、どうせそれも演技だろうって思っていました。表面的に謝罪しているだけで、彼女が心から反省していないのは目に見えていました。それから真里亜には、あまり接触しないようにしました。私の方から話しかけることはもちろんありませんし、彼女の方も、私には近づこうとしませんでした。私はせいせいしました。これでストレスなく、撮影に臨むことができるって……。でもそれは大きな間違いでした」

　彼女は憂鬱な表情を浮かべると、口を閉ざした。

「大きな間違いとは……何があったんですか」

「ええ……真里亜のことはもうこれで大丈夫だろうと思って、それからまた収録を続けていたんですが、ある日、また台詞がうまく言えないときがあって。何度やってもだめで、どうしたんだろうと思って……。それで焦って、監督に謝ろうと思って視線を上げたら、その原因が分かったんです」

　思いつめたような顔で、彼女は話し続ける。

「カメラの後ろの遠くの方で、真里亜がこっちをじっと見ていたんです。冷たい目で、私をせせら笑うかのように……。一度だけではありませんでした。私の場面を撮影するときは、いつも彼女が現場にいるんです。一緒に出ているシーン以外でも、なぜかセットの片隅にいて、遠くからじーっと見ているんです。よく見ると、口もわずかに動いていて、なにかぶつぶつと呟いていました。なにを言っているのか分かりませんでしたが、きっと、また間違えればいい、また失敗すればいいと繰り返しているのでしょう。その姿はまるで、私に呪いをかけているようでした……。それからは、演技するのが本当に怖くなって。カメラの前に立つと、震えて台詞が出てこなくなりました。焦れば焦るほど、私を見ている真里亜がうれしそうに笑うんです。また間違えればいい、また失敗すればいいと……」

「なるほど、それは辛いですね。その光景を思い描くだけで恐ろしいです」

「それで、耐えられなくなって、正式にドラマを降板させてもらうことにしました。もう演技の仕事を続けることはできませんでした。女優の仕事もやめることにしました。カメラの前に立つと、ぶるぶると震えて台詞が出てこなくなるんです。彼女の顔を思い出して……。だから私にとって真里亜のことは、絶対に思い出したくないほどのトラウマなんです。彼女と出会ったせいで、女優になる夢は潰《つい》えて、私の人生は大きく変わったのですから」

そこまで言うと、市川は口を閉ざした。円《つぶ》らな目には、うっすらと涙が滲んでいる。見上げるといつの間にか入道雲は消え失せていた。わずかに空は赤みを帯びている。

「大変だったんですね。お気持ちはお察しします」

「真里亜のこと、全部話したらすっきりするかもと思いましたが、そうではありませんでした。あのときの記憶が蘇り、悔しくてたまりません」

「ごめんなさい。つらいことを思い出させてしまって。最後に一つ、質問させてください。実は今年、筧真里亜さんはオーディションに合格し、映画の主演が決まりました。でもなぜかクランクインの寸前に降板して、行方が分からなくなったんです。そのことについては、ご存じでしたか?」

「いいえ、知りません。そんなこと、知りたくもありません」

「そうですよね、失礼しました。では彼女がなぜ失踪したのか、その理由について、何か心当たりはありますか?」

「私が知るわけがありません。どうせ彼女のことだから、男と逃げたんじゃないでしょうか」

「男と逃げた? 真里亜さんには恋人がいたんですか」

「さあ、恋人かどうかは知りませんけど。ああ見えて彼女、男性関係が派手でしたから。よく私に言っていましたよ。自分が女であるということが武器になるのであれば、それを使わない手はないでしょう。みんなやってることだからって」

木場亮《きばとおる》**（仮名）**　三十二歳

木場は俳優として活動する傍ら、都内某所のバーでマスターとして働いている。浅黒い肌の好男子だ。若いころは、アイドル的人気を得ていたこともあったという。取材はバーの閉店後、店内で行われた。

「どうして筧真里亜なんか取材してんの？　彼女、全然有名女優とかじゃないでしょ。それに俺、彼女と共演したことも、会ったことすらないし」

洗ったグラスを手際よく拭きながら、カウンター越しに木場が言う。カウンター八席とボックス席が一つあるだけの店である。彼のほかに従業員はいないようだ。

「筧さんが失踪したと言うんで、気になって、いろいろと調べているんです。木場さんは、俳優仲間の金子裕司《かねこゆうじ》（仮名）さんと懇意《こんい》にされていますよね。金子さんが、筧真里亜さんと交際されていたという話を聞いて、なにかご存じではないかと思いまして」

金子裕司は、数多くの映画やドラマに出演するバイプレイヤーとして知られる、三十代後半の中堅俳優である。ここに実名を記すわけにはいかないが、顔を見たら知っている人は多いはずだ。

「金子さんのスキャンダルか何かを追ってるの？」

「いえ、違うんです。先ほども申しましたとおり、知りたいのは筧真里亜さんのことなんです。彼女と、金子裕司さんが交際していたのかどうか」

「その話、誰から聞いたの？」

「取材しているときに、ある方から教えてもらいまして」

その情報をくれたのは、前回取材した市川有紗である。二人が交際していたというのは、非常に興味深い話だった。だがここにそれを書くためには、裏を取る（情報の信憑性を裏付ける）必要があった。事実かどうか確かめるには、金子裕司本人に聞くのが一番早いのだろうが、彼は名の知れた芸能人である。所属事務所や彼のＳＮＳに連絡して接触を試みようとも考えたが、スキャンダルまがいの件で質問をして、まともに応対してくれるはずはなかった。だから、金子の俳優仲間である木場がバーのマスターをしているのを知り、話を聞いてみることにしたのだ。

「確認だけど、俺と金子さんの名前は、絶対バレないようにしてくれる？　そうじゃないとまずいから。約束してよね」

「もちろんです」

取材を持ちかけたとき、木場は頑なに固辞していた。だが、仮名にするという条件と、相応の謝礼を支払うということで、取材に応じてくれることになった。

彼はグラスを拭く手を止めると、口を開いた。

「二人が交際していたという話は本当だよ。金子さんから、よくその話を聞かされたからね。共演している若手女優と付き合ってるって。まあ、若くてあんなきれいな女から言い寄られたら、誰でも悪い気はしないでしょう」

「言い寄られた？」

「そう、彼女の方からモーションかけてきたみたいよ。演技のことを勉強させてほしいって。それで、二人で食事に行くようになって、男女の仲になったというわけ」

「男女の仲ですか……。ということは、いわゆるその、肉体的な関係もあったということでしょうか」

「当たり前でしょう。子供じゃないんだから。二人でホテルに行ったり、泊まりがけで旅行に出かけたりよくしてたよ。金子さんはぞっこんだったみたい。ベッドの上での話も、いろいろと聞かされましたよ。普段はあんなに清純そうなのに、彼女はすごいって。くわしく聞きたい？」

「あ……いえ、大丈夫です。それでは、筧真里亜さんが失踪した件についてなにかご存じではないでしょうか？　そのことについて、金子さんはなにかおっしゃっていませんでしたか」

「金子さんは、失踪の件については何も知らないと思うよ」

「どうしてです」

「付き合って半年ほどで二人は別れたから。今は連絡も取ってないんじゃないかな」

「そうなんですか。どうして二人は別れたんですか」

「筧真里亜が、別の役者に乗り換えたからだよ。笑えるのは、その役者というのが、同じ映画に出ていた金子さんよりもランクが上の俳優だったって言うの。二人で飲んだときに、金子さんぼやいていたよ。俺は踏み台にされたって。でもどうやら彼女、それだけじゃなかったらしいの」

「それだけじゃないとは？」

木場は、カウンターに身を乗り出して言う。

「あとで分かったらしいんだけど、彼女、その映画の監督とも付き合っていたんだって。プロデューサーとも関係していたんじゃないかという噂もあったしね。いやあ、大した根性だよね。同じ映画の監督やら役者やら、複数の男と関係していたんだから。その現場では噂になっていたらしいよ。筧真里亜という女優は、売れるためなら、何でもする女だって」


以上が、私が取材した筧真里亜を知る人の証言である。

次に、インターネットで見つけたブログの記述を紹介したいと思う。ある若い女性の個人ブログで、仕事現場や日常の生活で体験したエピソードが綴られている。そのなかに、今回の取材に大きく関係があると思しき記述があったので、ここに抜粋して引用する。

2016-06-09 20:45:13
「六月のカレンダー」

六月のカレンダーはもの悲しい。

イラストに描かれているのが、傘やてるてる坊主、紫陽花にアマガエルなど、雨をイメージしたものであるからそう感じるのだろうか。だが私にとって、六月のカレンダーが悲しい理由はそれだけではない。

一年前の今日——二〇一五年六月九日・火曜日……大切な友人が天国に召された。

まだ二十四歳という若さだった。彼女の訃報を聞いたときは、目の前が真っ白になった。なにかの間違いではないかと思った。そうであってほしかった。でも——それは紛れもない現実だった。そのことを悟ると、とめどなく涙が溢れた。

　彼女は女優だった。私などとは違い、可愛らしくて演技も上手い、期待の星だった。難関のオーディションにも勝ち抜いて、映画の主演も決まっていたのだ。でも、クランクインを前にして、帰らぬ人となってしまった。

　あれからもう一年が経った。六月のカレンダーの「9」の数字をじっと見つめると、涙が込み上げてくる。生きていれば、どんな女優になっていたのだろうか。今日も、志半ばでこの世を去った友人のことを思い出す。彼女の分も頑張りたいって言いたいのはやまやまだけど、私には友人のような才能はひとかけらもない。自分にできるのは、在りし日のあなたのことを思い出すだけなのです。あなたの命日に、六月のカレンダーを眺めながら――

2016-09-25 14:15:47
「友人の死について」

　いま私の心は、やるせない気持ちでいっぱいだ。

　それは今日、インターネットに掲載されたある記事を目にしたからである。記事を見て、私の心は、やり場のない憤りに支配された。ずっとずっと、胸の中に秘めていた、もやもやとした感情である。この一年の間、誰かに話すべきではないのかと、自問自答を繰り返してきた。今日、その記事を見て決心がついた。ここに告白する――

　先日、このブログで去年の六月に亡くなった友人のことを書いた。その友人は、オーディションに合格して、映画の主演をする予定だった。

実は私も、その映画のオーディションを受けていた。自分は二次選考で落ちてしまったが、友人は三次、四次と勝ち抜き、およそ千人を超える応募者のなかから主演に選ばれた。

彼女とは、子供のころに養成所で知り合い、一緒に切磋琢磨した仲だった。私たちは、良き仲間であり、最高の相談相手だった。私が恋人と別れ塞ぎ込んでいるときも、親身になって支えてくれた。彼女が悪質なファンのストーカー行為に悩まされていたときも、我が事のように心配になり、苦しみを共有した。

だから友人の快挙を聞いたときは、本当にうれしかった。もちろん、自分もオーディションを受けていたので、悔しい気持ちがまったくなかったかというと嘘になる。でも、一緒に頑張っていた仲間が大きなチャンスをつかんだのである。心から、彼女を祝福することができた。

そのときに、最後まで友人と主役の座を争った女優がいた。その女性の名前を仮にAとする。私もオーディションの会場で彼女を見かけたことがあった。Aは、清楚な雰囲気がする長い黒髪の美しい女性で、大勢の女優たちのなかにいても、一際目を引いた。彼女が最終選考まで残ったと聞いても、なんら不思議ではなかった。

これは生前に聞いた話であるが、友人はオーディションを続けていくうち、次第に彼女と言葉を交わすようになったという。お互いライバルではあったが、演技の話や、プライベートの話で盛り上がり、連絡先を交換するほどの仲になった。友人が主演に決まったあとも、「祝福したい」とAから食事に誘われたというのだ。

問題はこのあとである——

それからも、二人は連絡を取り合っていた。友人が演じるのは、連続殺人犯の女性という難しい役で、役作りに悩んでいたからだ。Ａから相談に乗ると言われ、彼女と頻繁に顔を合わせていた。Ａもオーディションでその役を繰り返し演じていたので、格好の相談相手だと友人も思っていたようだ。

最初は、真摯に友人の言葉に耳を傾けてくれたという。「主人公が人を殺す感情が自分にはどうしても分からない」という悩みに、Ａは自分なりの考えを話し、励ましたという。台本の読み合わせにも、根気よく付き合ってくれた。

だが何度か会っていくうちに、次第に様子がおかしくなってきた。読み合わせをしていても、Ａは友人の演技に苦言を呈するようになる。「演技が一本調子に感じる」「台本の深さが表現されていない」「このままでは観客の心を震わせることは難しい」などと、辛辣な意見を述べるようになったのだ。友人は、彼女と会うことにストレスを感じ始めた。ただでさえ、難しい役で思い悩んでいた。それなのに、Ａからもダメ出しをされて、自信を失い始めた。

2016–09–25　21：33：14

「友人の死について②」

私は友人から相談を受け、Ａと距離を置くように助言する。友人もそれに従い、彼女とはもう会わないようにした。だが、Ａからのメールは途絶えることはなかった。「今度いつ会える？」「あなたの演技について話したいことがある」「あなたの力になりたい」「このままではあなたには無理」「絶対に無理」「だから私が教えてあげる」。

それだけではなかった。Ａは友人の周囲に、頻繁に姿を現すようになる。通勤のときや、自宅の周辺などに出没するA。まるでストーカーのように、友人に付きまとったのである。

なぜ、彼女はこんなことをするのか？　きっとAは、オーディションで主役に選ばれた友人のことを疎ましく思っていたに違いない。だから、友好的な態度で近づき、精神的に彼女を追い詰め、降板させようと考えたのだ。そしてあわよくば、自分が主演に成り代わろうとまで考えていたのではないか——

事実、そのころ友人は、ノイローゼのような状態になっていた。「自分は本当にこの役を演じる実力があるのか」「もう続けるのは無理かも」と、ネガティブな言葉を口にしていた。クランクインが近づき、役柄が見えないことも相まって、彼女の精神状態はどんどん悪化していく。

さらにこんなこともあったという。友人が、一人でカフェにいたときのことである。トイレに立ち、戻ってくるとバッグに入れたはずの台本がなくなっていた。パソコンやスマホなど、ほかのものは無事だった。台本だけが、忽然と消え失せていたのである。友人は途方にくれた。その台本は、監督からのセリフの訂正や、演技プランなどが事細かに書かれた唯一無二のものである。なぜ台本だけが盗られたのだろうか。友人の脳裏にAの顔が浮かび上がった。きっとあのカフェにAがいて、友人がトイレに立った隙に、バッグから台本だけ抜き取ったに違いない。だが、彼女が盗ったという証拠はない。それに、どういう理由であれ、大切な台本をなくしたということは、役者としてはもっとも恥ずかしいことなのだ。そのことで、疲弊していた心は、さらに追いつめられていく。

そして忘れもしない、二〇一五年六月九日。クランクインの三日前に、彼女は陸橋から飛び降りて、自らの命を絶ったのである。

私は、Ａが友人を殺したと思っている。親身になっているふりをして近づき、難役に苦悩する友人の心を崩壊させた。オーディションで負けたことを逆恨みして、友人を死に追いやったのだ。事実、Ａは一年後に行われた同じ映画のオーディションを受け、今度は主役に選ばれている。その話を聞いたときは、やるせない怒りが込み上げてきて、胸が張り裂けそうになった。彼女は、自らの邪《よこしま》な企みにより、私の友人を死に追いやり、主役の座を奪い取ったのだから――

そして今度の記事である。Ａが主演する予定だった映画の制作が中止されたのだ。中止の理由は、彼女が降板を申し出たからだという。記事には書かれていないが、噂では、Ａはクランクイン直前に失踪したという。

なぜ映画を降板し、行方をくらましたのだろうか。友人を精神的に追い詰めて、死亡させたという良心の呵責に苛まれたというのか。いや……そんなことがあるはずはない。彼女がそんな人間的な感情の持ち主だとは到底思えない。

これは後で聞いた話なのだが、女優Ａは稀に見る性悪女だというのだ。俳優仲間たちによると彼女は「清純そうに見えて結構腹黒い」「上昇志向が強い」「人を見て態度を変える」「目的のためなら手段を選ばない」「どんな手を使ってでも相手を蹴落とそうとする」「出世のためなら枕営業も厭わない」などと、さまざまな悪評が取り沙汰されている。きっと今度のオーディションで選ばれたのも、「女を武器」にして勝ち取ったに違いない。

もっと早くこの事実を知っていれば、友人に忠告できたのかもしれない。Ａには絶対に近づかない方がいい。彼女はあなたを破滅させてしまうからと。だがもう私の親友はこの世にいない。悔やんでも悔やみきれない。

もうこれ以上、自分一人の胸にしまっておくことなどできない。Ａが降板したという記事を見て、私は決意した。志半ばで天国に旅立った友人のためにも、すべてを詳《つまび》らかにするべきではないか。そんな思いにかられ、この文章を書いた。


ここに告発する――

友人を殺したのは女優Ａである。

私は彼女のことを絶対に許すことができない。これを機に、Ａは姿を現し、自らの罪を証《あか》して懺悔するべきである。

人間の心がわずかでもあるのなら。


ブログの記述はここで終わっている。

記事の内容から、「友人」とは一年前に他界した女優の三枝飛鳥であることは明らかである。三枝飛鳥は、昨年の六月九日に死亡している。ブログの投稿者の「友人」が亡くなった日付もそれと同じだった。「女優A」は、「友人」が選ばれた映画のオーディションで、最後まで主役の座を争ったと記述されている。そのことから鑑みると、Ａは筧真里亜であると特定しても間違いないと思う。

この記事を書いたのは誰なのか。執筆者の名前が明記されていないので、その人物が誰なのかわからない。記述の内容からすると、執筆者も、女優の仕事に就いている人物ではないかと想像することができる。

それにしても衝撃的な記述である。三枝飛鳥を自殺に追い込んだのは、オーディションで競い合った筧真里亜だというのだ。私はくわしい話が聞きたいと、ブログのコメント欄に取材依頼を申し込んだ。だが未だ返答はない。

ルポルタージュ3　「消えた女優」

取材・文　江崎康一郎

1

都会の雑踏――

時刻は午後四時を過ぎている。

仕事終わりのビジネスマンやＯＬなど、多くの人が行き交う、新橋《しんばし》駅付近の繁華街。私は一人、駅に向かって歩いている。

先ほど近くのカフェで、ある人物に会い、話を聞いてきた。その人物は、筧真里亜が主演する予定だった映画「殺す理由」のプロデューサーの一人である。彼が所属している制作会社の問い合わせフォームにメッセージを入れて、取材を依頼したのだ。高柳みき子のルポ「夢の途中」では、彼のことを「時澤弘」という仮名で紹介していたので、ここでもそれに倣うことにする。

結論から言うと、収穫はあまりなかった。真里亜の行方は依然として知れず、時澤は甚《はなは》だ困り果てているということだった。彼女の携帯に電話してもつながらず、メールを送っても未だ返信がないという。妹の筧美津紀には連絡が取れたのだが、美津紀にも姉の行方は分からず、ひどく心配していた。

失踪した理由についても訊いてみたが、歯切れのよい答えは返ってこなかった。時澤によると、確かに演技に悩んで、ナーバスになっていたのは事実だった。それが高じて、精神的に追いつめられて、自ら命を絶とうとした。そのあたりの事情は、高柳が取材したルポどおりである。しかし周囲の支えもあって、彼女は立ち直り、撮影に前向きな意気込みを見せていた。だから降板を告げられたときは、時澤としては、まさに寝耳に水の状態だったそうである。

現在、プロデュース陣は、別の女優で制作を再開できないか検討しているとのことだ。ただし、三度にもわたって制作中止となった「呪われたシナリオ」の噂は、業界内でも広く知られており、代役を引き受ける女優は皆無に近い状況であるという。オーディションを行っても、同じ理由で、応募者が集まらないのではないかと危惧する声もあった。さらに出資者側は、筧真里亜を高く評価しており、代役を立てるのに難色を示しているとのことである。現時点では「殺す理由」の制作は難航しており、このままでは本当に「幻の作品」になるのではないかと、時澤は自嘲的に言う。

取材の最後に、筧真里亜の携帯番号やメールアドレスなどの連絡先を教えてもらえないかと相談を持ちかけた。彼女に取材を依頼するためである。私には、どうしても真里亜の話を訊きたいという事情があった。だが時澤は、個人情報なので教えることはできないと言う。妹の美津紀の連絡先についても同じだった。半ば予想していた答えである。時澤の立場ならば、当然の対応なのだろう。丁寧に礼を言って、彼と別れる。

雑踏をかき分け、烏森口《からすもりぐち》の改札から、JR新橋駅の構内に入った。階段を上り、山手線のホームに到着する。少し待っていると、電車がやって来た。混み合っている車内に身を投じる。優先席の前にスペースがあったので、そこに入り込んだ。車内アナウンスと共に電車が動き出す。つり革を手に揺られながら、筧真里亜のことを考える。

高柳は自らが取材したルポルタージュ「夢の途中」のなかで、彼女のことを「純真無垢な聖女という言葉が相応しい女性」であると表現していた。確かにルポを読むと、筧真里亜という女優は、清楚で純朴な感じのする魅力的な女性のようである。数々の困難に直面しながらも、ひたむきに夢に向かって頑張っている姿に、思わず応援したくなった。

先ほど取材した時澤も、ルポルタージュに書かれていた筧真里亜の描写に嘘偽りなどなく、決して誇張されたものではないと断言する。彼女は一点の曇りもないような純粋な感受性の持ち主で、オーディションで選んだのも、その人間性に大きな魅力を感じたからだという。さらに主演に選ばれてからも、決して驕ることなどなく、誰に対しても低姿勢で、常に相手をリスペクトしていたというのだ。

だが、私が関係者に取材した彼女の印象は、それとは大きく異なっていた。取材によると、彼女は上昇志向が強く、人を見て態度を変える性格で、目的のためなら手段を選ばない女性だというのだ。なかには彼女のことを「腹黒い」性格なのではないかと証言するものもいた。また同世代の女優にマウントを取り、精神的に追い詰めて、引退させたこともあったという。

これはどういうことなのだろうか。高柳が「夢の途中」で描いた筧真里亜という女優と、まったく正反対の印象なのだ。

例えば「夢の途中」では、事務所を辞めた理由については、「仕事もあまりなかったので、ご迷惑かけるのも悪いと思って」と話していた。だが私が取材した、彼女の元マネージャーである五十嵐の話では大きく違っていた。五十嵐は真里亜に「ここにいてもろくな仕事がないから」と、はっきり言われたという。

また「夢の途中」では、東城呉葉という霊能者に「男性経験がない」と指摘され、そのことを認めていた。だが私の取材では、売れるためなら枕営業も辞さず、複数の男と関係しているのではないかという証言が得られている。どちらが真実なのか。性体験がないという霊能者の的外れな指摘に乗じて、真里亜が口裏を合わせただけなのか。それとも、男性経験が豊富だという噂の方が、彼女を貶《おとし》めるための虚言なのか。

私は取材をしていて、筧真里亜という女優のことが分からなくなってきた。高柳のルポでは、純真無垢な聖女のごとき女性だった。だが私の取材では、目的のためなら手段を選ばない腹黒い性悪女なのである。

そして看過することができないのは、前に掲載したブログの告発である。

友人を殺したのは女優Aである。

私は彼女のことを絶対に許すことができない。これを機に、Aは姿を現し、自らの罪を証して懺悔するべきである。

ブログの投稿者は、三枝飛鳥の自殺の原因は、筧真里亜であると断言する。初めての主演で役作りに悩む彼女を精神的に追い詰めて、ストレスを与え続けたという。もしこれが真実ならば、決して見過ごすわけにはいかない。投稿者が言うように、それ相応の社会的責任を取るべきだと私も思う。

いずれにせよ、すべては筧真里亜が知ることである。

三枝飛鳥の死に関係しているのかどうか。

主演に選ばれたにもかかわらず、彼女はなぜ失踪したのか。今、どこで何をしているのか。

そして真里亜は、高柳のルポに書かれたような「純真無垢な聖女」なのか。それとも、私が取材した関係者らが言うように「自己中心的な悪女」なのか――

私には彼女に会って、どうしてもこのことを確かめなければならない理由があるのだ。


電車が駅に到着する。降車する乗客の流れに沿って、ホームへと降り立つ。

改札を出ると、もう日が傾きかけていた。まだ五時前である。十月も半ばを過ぎて、途端に日が短くなった。あたりを見ると、街路樹も赤く色づき始めている。あんなに暑かった夏も終わり、周囲にはもうすっかり秋の気配がたちこめていた。

駅前の通りを抜けると、国道に差しかかった。夕暮れの道路の喧噪。大型のトラックやタクシーなどが、速度を上げて頻繁に行き交っている。国道沿いの歩道の方に曲がり、そのまま進み続ける。

そういえば時澤は、出資者が真里亜を高く評価し、代役を立てるのに難色を示していると言っていた。真里亜のマネージャーだった五十嵐の話では、今回の映画はGMグループが出資しているとのことである。GMグループとは、業界でも有数の大手芸能事務所だ。GMグループが、筧真里亜のことを高く評価しているのであれば、彼女にとってはまたとないチャンスであるはずだ。映画を降板してしまえば、女優として成功する絶好の機会を失ったことになる。

　ＧＭグループの会長は、蒲生満《がもうみつる》という人物だ。年齢は五十六歳、大手事務所のトップとしてはまだ若いが、テレビ局や代理店などのマスコミ各社はもとより、政財界にも強い影響力を持つ、芸能界の実力者の一人である。栃木県の奥深い山村で生まれ育った蒲生。裸一貫で故郷を出て、日本を代表するエンターテインメント企業を築き上げた。蒲生には、事務所から独立したタレントに、代理店やテレビ局に圧力をかけて出演できないようにするなどの制裁を加えたり、所属している多数の女優と関係を持ったりしているという危ない噂がある。

　そういえば、私の取材では、真里亜はＧＭグループへの移籍を希望していたという話があった。だが高柳のルポでは「一人でやっている方が性に合っています」と、事務所への所属に対し、あまり積極的ではない発言をしている。どちらが彼女の本音なのだろうか。その真意が分からない。

　国道沿いの道を歩いていくと、道路に架けられた陸橋が見えてきた。そのまま進んでゆき、陸橋の階段を上っていく。陸橋は、さほど新しいものではなく、欄干や手すりにこびり付いた鉄錆《さび》が目立っている。

　階段の上にたどり着いた。夕暮れ時とあって、橋の上には、連れだって帰宅する学生やエコバッグを携えた主婦らしき女性の姿があった。陸橋の中ほどあたりで立ち止まる。フェンス越しに、眼下の道路を覗き込んだ。轟音を上げて、大型のトラックが走り過ぎていく。

　三枝飛鳥が命を絶った場所である――

　彼女はここから鉄柵を乗り越えて、道路に身を投げたのだ。そのあと、飛鳥はどうなったのだろうか。アスファルトに叩きつけられ、その衝撃で絶命したのか。それとも、しばらくはまだ息があって、走ってきた車に轢かれて命を落としたのか。その詳細については、公表されていない。

持っていた紙袋から小さな花束を取り出す。新橋の花屋で買った白いカーネーションである。フェンスの下に手向けると、目を閉じて合掌する。

二十四歳という若さで、天国へと旅立った飛鳥。さぞかし、無念だったのではないかと思う。もし、彼女の死に不審な点があるならば、それを白日の下に晒すのが私の役目である。三枝飛鳥が命を落とした場所に立って、そのことを実感する。

2

「初めまして。お忙しいところ時間を作っていただき恐縮です」

「いえ、とんでもありません。私もぜひ、お話をうかがいたいと思っていましたので」

都内某ホテルのロビーのラウンジ――

ダークネイビーのジャケット姿で現れた女性。髪は襟足のあたりで切り揃え、活動的な雰囲気である。ＳＮＳのプロフィール欄には四十代とあるが、それよりは随分若々しく見える。名刺交換をして、ソファに座る。飲み物を注文すると、彼女が笑みを浮かべて言う。

「いつもは取材をする側なので、こうして話を訊かれるのは、なんだか緊張しますね」

「私も、同業の方に取材するのはあまり経験がないので、なにか不手際はないかと、不安な気持ちでいます」

「とんでもないです。なんでも訊いて下さい」

「ありがとうございます。お時間の方は、大丈夫ですか」

「ええ、一時間くらいなら」

「分かりました。一時間で切り上げるように致します」

「すみません。いつもは全然暇なんですけど、最近はちょっと仕事が立て込んでしまって」

彼女の名前は高柳みき子という。そう、筧真里亜を密着取材した「夢の途中」を書いた人物である。今回のルポルタージュに関し、彼女の取材は不可欠であった。直接話を訊きたいと思い、高柳のSNSを調べて、取材を依頼した。現在彼女は、来年刊行する書籍の執筆に追われており、多忙を極めているのだという。

「高柳さんが書かれた『夢の途中』を読ませていただきました。それで、筧真里亜さんという女優に興味を持って、取材を始めたんです」

「そうですか。それはありがとうございます。でもあの記事が公開されてすぐに、真里亜さんが降板したという連絡を受けて、ひどく驚きました。クランクインの前には、潑剌とした顔で、撮影に臨む意気込みを話してくれましたから。だから、私はもう大丈夫だと思っていたんです」

「撮影が始まってからも、密着取材を続ける予定だったんですよね」

「ええ、そのつもりでした」

「それで、その後筧真里亜さんからの連絡は？」

彼女は憂いの表情を浮かべて言う。

「まだないんです。何度か電話したり、メールを送ってはいるんですが」

「そうですか、それは心配ですね……。真里亜さんが降板すると聞いたときは、どう思われましたか」

「もちろん驚きました。でも、真里亜さんはあの役を演じることにずっと葛藤を抱えていました。だから、実は心のどこかには、もしかしたら、こんなことが起こるかもしれないという予感があったんです。あのときは、完全に立ち直ったように見えたけど、彼女の苦悩は終わっていなかったんでしょう。真里亜さんは一度自殺を試みています。だから、今は心配でなりません」

「高柳さんは、なぜ彼女が突然降板して姿を消したのか、その理由についてはどのようにお考えですか」

「さあ、私には分かりません」

「主役を演じるというプレッシャーに押しつぶされたんでしょうか」

「そうなのかもしれません。でも私は、役柄の心情が分からないという点が、大きな理由ではないかと思うんです。彼女は映画のモデルになった殺人犯のことを取り憑かれたように調べていました。失踪した理由は、平山純子の呪いじゃないかって噂する人もいますが、もしかしたら、あながちそれは間違いではないのかもしれない。実在の殺人鬼を演じるということが、彼女を追い込んだのではないかと思えてなりません」

高柳が注文したアメリカンコーヒーが運ばれてきた。ウエイターが去ると、彼女が口を開いた。

「でも、それなら、降板を決める前に、一言相談してほしかったと思うんです。私は、あくまでもルポライターですけど、仕事の垣根を越えて、彼女と付き合ってきたつもりでした。私自身、筧真里亜という人間に魅了されて、彼女が女優として成功することを信じていましたから。だから、彼女の苦悩や葛藤とも誠心誠意向き合い、励まし続けたんです。降板を知ったときは、本当に落ち込みました。すぐに電話したのですが、応答がなく、メールの返信もなかったので……」

高柳の顔がさらに曇った。彼女は続けて言う。

「本当に彼女のことが心配なんです。真里亜さんは誠実な人でした。とても仕事を途中で投げ出す人間には思えないんです。彼女がやったことは、抜擢してくれた監督や、周囲の人間を裏切るような行為です。私が知る真里亜さんは、そんなことをする人ではありませんでしたから」

「もしかしたら、彼女が失踪したのは、なにか別の理由があるのかもしれませんね」

「そうかもしれません。そうだとしたら、それがなんなのか、私にはまったく想像がつきません」

そう言うと高柳は、テーブルの上のコーヒーカップを手に取った。

「ちなみに、高柳さんから見て、真里亜さんはどんな女性でしたか」

「ルポに書いたとおり、不思議な魅力を持った女性でした。素朴で透き通ったような心の持ち主です。純粋すぎて、傷つきやすく、思い悩んだり苦しんだりすることはあるけど、必死にそれを乗り越えて、自分の夢に向かって懸命に邁進している。そんな女性でした」

「高柳さんは、彼女のことを『聖女』という言葉が相応しい女性と表現されていますからね」

「ええ、決して誇張した表現ではありません。まさに真里亜さんは、そういった女性だと思います」

「そうですか……」

私は黙り込んだ。高柳が訊く。

「どうかされましたか」

「いえ、実はちょっと申し上げにくいのですが」

そう言うと、私は一旦言葉を切った。彼女は怪訝な顔でこちらを見ている。意を決して、言葉を続ける。

「私も筧真里亜さんに興味を持って、彼女のことを取材しました。真里亜さんには連絡を取ることができないので、出演した映画のスタッフや、共演者、元マネージャーの方などに会って、話を伺ったんです。私が聞いた彼女の評判は、決して芳《かんば》しいものではありませんでした」

「芳しくないとは、どういうことです」

「例えばある方の話では、彼女はとても上昇志向が強く、人を見て態度を変える性格だったということでした。監督やプロデューサーの前では素直で低姿勢なのだけれど、助監督などの立場の弱いスタッフの前では、横柄な態度を取ると評判だったそうです。また、共演者にマウントを取って泣かしたり、NGを出した役者に暴言を吐いて、精神的に追い込んだりしていたという証言もありました。彼女のことがトラウマになって、女優を引退したという女性からも話を伺いました。真里亜さんのことを、目的のためなら手段を選ばない人間で、清純そうに見えて実は腹黒いんじゃないかというスタッフの方もいました」

高柳の表情が固まっている。慌てて私は言う。

「いいえ、違うんです。ご気分を害したのなら大変申し訳ございません。ルポの信憑性に水を差すつもりは毛頭ありません。別に高柳さんを疑っているわけではないんです。今日、こうして高柳さんと直接お話しすることができて、そのことを確信しました。とても誠実な方で、事実と反したようなことを書く人ではないことを。だからこそ不思議なんです。なぜ彼女の評判が、高柳さんと私の取材では、こんなにも違うのか」

すると、黙って話を聞いていた高柳が口を開いた。

「さあ、私には分かりません。少なくとも私に言えることは、筧真里亜という女性は、魅力的で素晴らしい女性でした。その思いに嘘偽りありません。人を見て態度を変えることなど決してありませんでした。誰でも分け隔てなく、丁寧に接していましたよ」

彼女は言葉を続ける。

「共演者にマウントを取ったり、精神的に追い込んだりしたことも、私が見ている限りはありませんでした。ほかの俳優さんたちの前でも、驕った態度を取ることなどなく、常に謙虚な姿勢で接していましたから。それと、上昇志向が強いという話ですが、女優という仕事に限らず、そういった感情は誰にでもあるものでしょう。決して悪いことではないと思うんです。大変申し訳ないですが、取材された方はみな、穿《うが》った目で、真里亜さんのことを見られているのではないでしょうか。私にはそう思えてなりませんが」

「確かに、その可能性はないとは言えません」

「それに、彼女も一人の人間ですからね。ある人から見たらすごくいい人でも、違う人からすれば嫌いに思うということもあるんじゃないでしょうか。万人に好かれることの方が、稀なのではないですか」

「仰るとおりです。人間にはいろんな側面がありますからね。それに女優という仕事柄、妬みややっかみの対象になって、悪い噂を立てられることもあるのかもしれませんね」

「そうだと思います。ごめんなさいね。私だって、江崎さんの取材を否定しているわけではないんです。ただ偶然、取材された方がみな、彼女のことを悪く思っていただけのことではないでしょうか？」

「その可能性はありますね。もっと多くの方に話を聞くことができれば、違う面が見えてくるのかもしれません。でも、まだ気になることがあります。彼女が事務所を辞めた経緯についてです。高柳さんの取材では、事務所に所属していない理由を訊かれたとき、真里亜さんはこう答えています。自分に仕事があまりなかったので『ご迷惑かけるのも悪いと思って』、事務所を辞めたんだと。でも、彼女のマネージャーをやっていた方に話を訊いたら、退所の理由について、『ここにいてもろくな仕事がないから』とはっきりと言われたそうです」

「そうなんですか……。申し訳ないんですが、私には信じられません。真里亜さんがそんなことを言う人間だとはとても思えないんです。そのマネージャーをやっていたという方を疑うわけではないのですが、本当に彼女がそういった発言をしたのかどうか、なにか証拠はあるのでしょうか」

「いえ、証拠はありません。なので、その方が嘘を言っている可能性が無いわけではない」

「そうですよね。芸能事務所のマネージャーが、退所したタレントのことを悪く言うのは、そう珍しいことではありません」

「では、これはどうでしょうか？　彼女のプライバシーに関することなので、あまりこういう場所で言うべきではないのかもしれませんが」

「なんでしょうか？」

「ルポのなかで、東城呉葉という霊能者に祈禱を受けたときに、彼女は『男性経験がない』と指摘されていました。そして、真里亜さんはそのことを否定していなかった」

「ええ、その通りです。私もその場にいましたので」

「でも、とても男性関係が派手だったという証言があるんです。ある著名な俳優と泊まりがけで旅行に出かけたり、同じ映画に出ている俳優や、その映画の監督やプロデューサーなど、複数の男性と関係しているという噂があったんです。彼女自身も『女であるということが武器になるのであれば、それを使わない手はない』などと、そういった行為を認めるような発言をしていたという話も聞きました」

高柳は黙り込んだ。気まずい雰囲気が流れている。戸惑いの顔を浮かべたまま、彼女が口を開いた。

「ごめんなさい。そんなことをいわれても、どうお答えすればいいのでしょう。彼女の男性経験について、本当かどうか私は知りません。でも私には、どうしても彼女が嘘をついているように思えなかったんです。ルポにも書いたとおり、私はオカルトまがいのことを信じている方ではありません。でもあのときは、東城先生の指摘に心底驚いたのです。確かにあの年で、あの容姿でそういった経験がないなんて、現実離れしているとは思いました。もしかしたら、二人は裏で通じていて、私たちを欺いていた可能性もあります。そうだとしたら、彼女に男性との経験がないということは、事実ではないのかもしれません。でも、あの先生はプロデューサーの時澤さんが依頼した方でした。真里亜さんとは初対面だったはずですし、もし裏で通じ合っていたとしても、そんな手の込んだことをしてまで、私たちにそのように思わせる理由は何なのでしょうか」

「そうなんです。私もそこのところがよく分からなくて」

「いずれせよ、彼女が嘘をついているとは思えませんでした。私が知っている筧真里亜さんは、純真無垢な聖女のような女性です。とてもそんなことをするとは思えません。私から言えることはただそれだけです」

「申し訳ございません。何度も申し上げているとおり、私は高柳さんを疑っているわけではないんです。もちろん高柳さんが書かれたルポは、事実を正確に取材されたものだと思っています。だからこそ、知りたいんです。私が取材した彼女と、なぜこんなにも印象が違うのか。筧真里亜さんは聖女なのか、それとも違うのか……。その真実が知りたいんです」

　私がそう言うと、彼女は困惑の顔を浮かべる。

「そう言われましても」

「もしかしたら、例えばこのようなことは考えられないでしょうか。今度のオーディションで主役に選ばれたのをきっかけに、真里亜さんは心を入れ替えたのです。何か思うところがあって、今までの行動を悔い改めて、嫉妬や打算などの邪な感情を抑制して、人々と接するようになったんです」

「さあ、それはどうでしょうか」

「ではこのような考えはどうでしょう。彼女は、高柳さんの前では、純朴な女性のふりをしていたんです。自分の振る舞いや考えは、すべてルポに書かれることになるでしょう。だから『筧真里亜』という女優のセルフプロデュースのために、悪い感情はすべて封印して『汚れのない心の透き通った女性』を演じていたんです」

　苛立ちまじりの声で高柳は言う。

「私は彼女に騙されていたというんですか」

「いえ、そういうわけでは……。私はただ、可能性を申し上げただけです。ご気分を害されたのなら、申し訳ございません」

「もしあれが演技だとしたら、真里亜さんは本当に素晴らしい女優ですね。私は微塵も、悪い感情に気がつきませんでしたから。では、江崎さんの言うとおりでしたら、役作りに苦悩していたことも、自殺未遂も、すべてが演技だったというのでしょうか。いくらセルフプロデュースのためとはいえ、自ら手首を切るようなことまでするとは思えませんが」

そう言うと彼女は、強い意志を込めた視線を私に向ける。

「私にとって筧真里亜という女性は、純粋な心の持ち主であり、素晴らしい人間性の持ち主でした。それは決して誇張や大袈裟な表現ではありません。本当にそう思ったから書いたんです。あのルポの記述は、一切嘘偽りなく正確なものです。それ以上のことは、私から申し上げることは何もありませんので」

高柳と話し始めて一時間が過ぎた——

彼女は強ばった表情のまま席を立つと、ラウンジをあとにする。私は彼女を出口まで見送ると、席に戻り、ソファにまた座り込んだ。

私の話を聞いて、彼女はショックだったようだ。それはそうだろう。自分自身、魅力を感じて熱心に取材した人物の、想像もしていなかった裏の顔を知らされたからだ。自分が書いたルポ自体を否定されたような気持ちになったのだろう。彼女には悪いことをした。

でもこれで、高柳が密着した筧真里亜のルポは、嘘偽りが書かれたものではないと実感することができた。彼女は誠実に真里亜と向き合い、取材を行っていた。そのことは、今日高柳から直接話を聞いて、確信することができた。

残念なのは、ブログについての話ができなかったことだ。筧真里亜を糾弾する、匿名の告発ブログのことである。あのブログを書いたのは一体誰なのか？　何か心当たりはないか、高柳に聞いてみようと思っていたのだ。でも今日は、そのことに触れない方がいいのではないかと感じた。ブログのなかで投稿者は、三枝飛鳥を自殺に追い込んだのは真里亜であると断定している。そんな話をすると、本当に彼女は怒り出すかもしれなかった。

最後に、私は高柳にある相談を持ちかけた。真里亜と妹の美津紀へのメールに、私が書いた取材依頼書を送ってもらえないかという相談である。時澤に断られたように、彼女からも二人のアドレスを聞き出すのは難しいと思われた。それならば、連絡先を知っている高柳から送ってもらえば、二人に取材の意向を伝えることができるかもしれないと考えたのだ。もちろん、真里亜とは誰も連絡が取れない状況である。高柳も「彼女から返信が来る可能性は限りなく低い」と懐疑的だった。だが、お願いしてなんとか協力してくれることになった。もちろん私も、望みが薄いことは理解している。

今日のことは、高柳にはあまり気分のよい話ではなかっただろう。それでも彼女は、私の厚かましい願いを聞き入れてくれた。感謝してもしきれない。

3

今日、わずかながら進展があった。
真里亜の妹の美津紀からメールが届いたのだ。高柳が送ってくれた取材依頼を受けての回答だった。

江崎康一郎様
初めまして、筧真里亜の妹の美津紀です。
この度は、姉が多大なるご迷惑とご心配をおかけして誠に申し訳ございません。真里亜についての取材を行われているということですが、依然として姉とは連絡が取れず、私どもとしても途方に暮れている状態です。私と姉の沙耶香の取材を希望ということですが、私も姉も心身ともに疲弊しており、満足にお話しできる状態ではございません。
誠に勝手ながら、今回の取材に関しては辞退させていただければと存じます。ご要望にお応えできない形になってしまい、とても心苦しく感じております。何卒、ご理解のほどよろしくお願い申し上げます。

このように、メールの内容は取材を固辞するものだった。肉親の一人が失踪したのである。その動揺は計り知れないものがあるのだろう。直接会って話を聞くことができないのは、残念ではあるが、真里亜の家族とつながれたのは、喜ばしい限りだ。すぐに、御礼のメールを送る。高柳に対しても、約束を果たしてくれたことをありがたく思う。後は真里亜からの返事が来ることを祈るばかりである。

それにしても、筧真里亜という女優はどんな人物なのだろうか。高柳のルポにあるように、汚れなき純粋な心を持つ聖女のような女性なのか。それとも、目的のためなら手段を選ばない悪女なのか。確かに高柳の言うとおり、人間には色んな側面があるものだろう。聖女か、悪女か、などと二元論で語ろうとするのがナンセンスなのかもしれない。だが彼女のルポと私の取材には、「人間には色んな側面がある」という言葉だけでは片付けられないほど大きな隔たりがあった。

高柳との会話のなかでも触れたが、考えられるのは、彼女が改心したのではないかということである。高柳の取材を受ける前に、自らの行動を悔い改め、善人へと生まれ変わるような出来事があったのだ。

ここからは私の想像であるが、三枝飛鳥の死が真里亜を変えたのではないだろうか。飛鳥は、高柳の取材を受ける一年前に、自ら命を絶った。前のルポで紹介した告発ブログには、彼女の自殺の原因は筧真里亜であると記されている。オーディションで主役に選ばれた飛鳥に、激しい嫉妬心を抱いていた真里亜。役柄に悩む飛鳥に近づき、応援するふりをして、精神的に追い詰めたのだ。台本を盗んだのが、彼女かどうかは分からないが、飛鳥を降板させ、あわよくば、自分が主演に成り代わろうと考えたのである。だが想定外の出来事が起きた。三枝飛鳥が自殺したのだ。さすがの真里亜も、まさか命を絶つとまでは思っていなかったのではないだろうか。飛鳥の死を知ったとき、彼女は自分の行為の重大さに気づかされたのである。

飛鳥の死にショックを受けた真里亜は、これまでの行いを悔い改めるようになった。彼女が改心した理由は、自ら命を絶つほどまでに心を傷つけた三枝飛鳥への贖罪《しょくざい》である。そういえば、真里亜が自殺を図ったとき、現場にあったノートには遺書のような言葉が書かれていた。

――ごめんなさい。本当にごめんなさい。許してください。やっぱり私は、あなたの夢を叶えられそうにありません――

高柳は「夢の途中」のなかで、その言葉は妹の美津紀にあてたものではないかと考えていた。だが、先ほどの推測が正しいとしたら、これは一年前に死亡した三枝飛鳥にささげたものなのかもしれない。この言葉を、飛鳥への贖罪の言葉だと考えると、妙に腑に落ちるのである。

飛鳥の死を契機に改心した真里亜。彼女が、苦悩しながらも困難な役作りに挑んでいたのは、飛鳥のためではないか。三枝飛鳥は、葛藤を繰り返しながら、道半ばで自ら命を絶った。真里亜は、彼女への贖罪のために、その夢を受け継ごうしていたのである。だが結局は真里亜も、飛鳥と同じように役柄に押しつぶされてしまった。ノートに書かれた「あなたの夢を叶えられそうにありません」という言葉は、その感情の表れなのだ。

三枝飛鳥を死亡させてしまったという苦悩。殺人鬼を演じるという葛藤。心のなかで、二つの負の感情が交錯して、彼女も壊れてしまった。そして、失踪という道を選んだのである。そうだとしたら、真里亜のことが心配でならない。飛鳥と同じ道を辿っていないことを祈るばかりだ。

もう一つ考えられるのは、彼女が演技しているのではないかということである。改心したわけではなく、純真無垢な聖女のふりを続けていたのだ。

以前は、目的のためなら手段を選ばず、「人を見て態度を変える」という評判だった真里亜。私の取材では、彼女のことを「腹黒い」と証言したり、名前を聞くだけで「気分が悪くなる」と拒否反応を示す証言者もいた。これほどの悪評が立つことについて、真里亜自身はどう思っていたのだろうか。もしかしたら彼女は、別に気にしていなかったのではないか。芸能界は食うか食われるかの世界だ。評判が悪くても、売れたものが勝ちなのである。外見がよくて、演技が上手ければ、女優として成功すると彼女も信じていたに違いない。

だがあるとき、その考えが間違いであることに気がついたのである。女優として売れるためには、周囲の評価も重要な要素の一つだ。以下のような話を耳にしたことがある。人の上に立つものは、一人でも多くの賛同者を得ることを心がけなければならない。大衆の人気を得ることができないと、頂点に立つことはできない。そのためには、自分にとって、メリットがあると思われる人とだけ接していてはならない。自分より立場が低い人でも、分け隔てなく、積極的に声をかけるなどして慈愛を振りまき、人気を獲得する必要があるのだ。政治家や芸能人の多くは、意識的にそういうことを行っているそうだ。芸能人は、「天狗になっている」などという噂が広まると、すぐ人気に陰りが出ることがあるという。持続して活躍しているタレントは、スタッフや共演者からの評判もすこぶるいいと聞く。

きっと真里亜も、なにかのきっかけでそのことを悟ったのではないだろうか。そして、誰からも好かれるような、「汚れなき純粋な心を持つ清楚な女性」を演じることにしたのだ。つまり、彼女が純真無垢な聖女のふりを続けた理由は、飽くまでも女優として成功するための一つの手段だった。確かに、一年前のオーディションでは真里亜は選ばれなかったが、二度目のオーディションでは主役の座を勝ち取っている。それはちょうど、彼女が悪女から聖女への変貌を遂げた時期と一致している。真里亜がオーディションで勝ち残ったのは、意識的に「善人」を演じていたことが、功を奏したのだ。きっと彼女は、女優として売れるために、本来の性格を押し殺して、純朴な女性を演じていたのである。そう考えると、二つのルポで筧真里亜という女優の印象が大きく違うことに関しての一応の説明はつく。

だが、それでも疑問は残る。高柳が言うように、役作りに苦悩したり、自殺を決行したことも演技だったのだろうか。「悩んでいるふり」をすることは、さほど難しいことではないかもしれない。だが、さすがに「純真無垢な女性」を演じるための手段として、自分の手首を切るとは思えない。万が一のことがあれば、命を落としてしまうかもしれないのだ。事実、彼女は発見されたとき、湯の張った浴槽に手首を浸けていた。通常、手首を切っただけでは、すぐに凝固して血が止まるのだが、傷口を湯に浸けると、血小板が固まることはなく、出血多量で死に至ることがあるという。つまり、彼女は本当に死のうとしていたのだ。そう考えると、役作りに悩み、自傷行為に至ったことは、演技ではないということになる。

それに彼女が女優としてステップアップする手段として、聖女を演じていたのなら、なぜ主演映画を降板し、姿を消したのだろうか。彼女の目論見通り、すべては上手くいっていたはずではないか。映画は大手芸能事務所のＧＭグループが出資しているし、完成すれば、彼女は主演女優として脚光を浴びて、夢に見ていた栄光の座を勝ち取れたかもしれないのである。「目的のためなら手段を選ばず」と、共演した女優にマウントを取って潰したり、枕営業を重ねてでも摑み取ろうとしていた成功を、みすみす棒に振ったのだ。

筧真里亜とは何者なのか。その疑問を解明するためには、直接会って話を訊くしかない。だが現時点では、その消息を示す手がかりは何もなく、彼女の取材を実現させるのは、限りなく厳しいと言わざるを得ない。高柳経由で送った取材依頼に、わずかな期待をかけるのみである。

ここまで読んで、読者のなかには、疑問に思っている方もいるかもしれない。私がなぜ、ここまで熱心に筧真里亜についての取材を行っているのか。そこには多分にプライベートの事情が関係しているので、それを明かすべきかどうか、今は躊躇している。取材が進んでいけば、場合によってはその理由について書くこともあるかもしれない。

とにかく、なんとしても真里亜に会いたい。彼女に会って、くわしく話が訊きたい。三枝飛鳥の死に、本当に彼女が関わっているのかどうか、その真相を私は知りたい。

4

もし真里亜の自殺が狂言などではなかったとしたら、その原因は役作りの苦悩から引き起こされたものと考えるのが妥当である。三枝飛鳥も、殺人を繰り返す主人公の心情が見えないと、思い悩んでいた。二十年前に映画化が検討されたときも、主役を演じる予定だった女優が、役柄の気持ちが分からないと苦悩し、自ら命を絶ったという。そう考えると、確かにこの映画の脚本は「呪われたシナリオ」である。同じ役を演じようとして、二人の女優が自殺し、一人の女優の行方が分からなくなっているのだ。

理由もなく、次々と六人の男の命を奪った女殺人鬼。一体なぜこの役は、女優たちを苦しめるのか。彼女らは、殺人鬼の心情に少しでも近づこうと、映画のモデルになった事件について、独自に調べていたという。そして平山純子という殺人犯の感情を理解しようと葛藤を続けるうちに、次第に心を病んでいった。もしかしたら、この事件を調べてみたら、真里亜が失踪した理由の手がかりが見つかるのかもしれない。そう思い、私も自分なりに、事件について調べてみることにした。

首都圏連続絞殺魔事件……一九九一年四月十日、東京赤羽のラブホテルで、ネクタイで首を絞められた男性の遺体が発見された。その後、関東近郊のホテルで、同一の手口で殺害された男性の遺体が次々と発見され、被害者の数は六人に及んだ。捜査は難航を極め、警察は警察庁広域重要指定事件に認定するが、一向に犯人を逮捕することができなかった。事件発生から五年後の一九九六年、警察は、大手建設会社に勤務する平山純子（当時三十三歳）を逮捕する。平山は、会社員として勤める傍ら、繰り返し売春行為を行っており、そこで知り合った客の男性を殺害していた。一九九八年八月、第一審において平山に死刑判決が言い渡された。弁護側は控訴するが、翌年十一月、肺炎が悪化し、拘置所内で平山純子は死亡した。

この事件の最大の謎は、犯行の目的が不明瞭な点である。殺害後、被害者の遺体から金品が奪われた形跡はなかったので、強盗目的の犯行でないのは明らかだった。純子が勤めていた建設会社は、一部上場の優良企業で、彼女の年収は同世代の女性に比べても高い方だった。売春をしていたのも、金銭目的ではなく、男性との行為に興味があったと法廷で証言している。また被害者は、最後に殺害された交際相手の渡辺敬一を除いては、その日初めて会った行きずりの相手だった。彼らに対し、恨みや憎しみの感情などを抱いていたわけではなかったという。さらに、無差別殺人の動機として挙げられる、社会的義憤にかられての犯行というわけでもなく、精神に異常があるわけでもなかった。

現存している資料のなかで、平山純子が殺害の動機について語っているものはほとんどない。記録として残されているのは「男性の性行為の欲求に対し、絶望的なほどに嫌悪感を抱いていたから」という公判の供述である。また、収監中の純子との面会の様子が記述された『死刑囚との対話』(阿南巌・インシデント)では、彼女は「衝動に突き動かされていた」からだと答えている。その衝動とは「何の前触れもなく、火花がはじけ飛ぶ」ように訪れる、恐ろしい感覚なのだという。

確かによく分からない。まるで犯行について自分には責任がなく、神の啓示によって行われたと言わんばかりである。彼女は対話のなかで、「私と出会ったことは、事故や災害に遭ったようなものだと、諦めてもらうしかないと思うんです」とまで述べているのだ。これを聞いた遺族の気持ちを考えると、身につまされるものがある。死亡した被害者らも、浮かばれないのではないかと思う。

平山純子の心情を探ろうとして、彼女のことを調べた女優たちも大いに悩んだであろう。平山の実像を知ろうとすればするほど、得体の知れない闇に飲み込まれていく感覚だったに違いない。役作りに苦しんでいた三枝飛鳥は、マネージャーに「実際に人を殺したら、『平山純子』の気持ちが分かるかもしれない」などと話していたと高柳のルポには記されている。

とはいえ、正直に言うと、役柄の心情が分からないからと、自殺までしてしまう俳優の思考が、私には理解することができない。もちろん自分は役者ではないので、そのことについて語る資格などないのかもしれない。そこには彼らにしか分からない、プロフェッショナルとしての矜持があるのだろう。

メソッド演技という演技法があることをご存じだろうか。メソッド演技とは、一九四〇年代にアメリカの演劇界で確立したもので、自分が演じる役柄の内面や心理状態を深く掘り下げることで、よりリアルで自然な演技を可能にする演技法のことをいう。簡単に言えば、役柄と自分を一体化させ、その役に「なりきった状態」で演技をするのである。そのためには、芝居をしているとき以外でも、常にその役柄のことを考え、自分自身と同一化させていなければならない。だから、通常の芝居とは一線を画した、写実的な演技を実践することができるというのだ。

だがメソッド演技は、俳優の精神に強い負担をかけるため、その危険性を指摘する声もある。役作りの過程において、その役が持つ痛みや苦しみを体感しようとするために、撮影の間はずっと、その感情を持続させなければならない。その結果、俳優自身の内面が深く掘り下げられることになり、感情の起伏が激しくなったり、アルコール依存や薬物依存などのトラブルに発展するケースがあるという。

往年のハリウッドスターであるモンゴメリー・クリフトは、メソッド演技に傾倒し、情緒が不安定となった。そのために仕事が激減し、アルコールとドラッグに溺れ、四十五歳のときに、心臓発作が原因で死亡している。かのマリリン・モンローも、メソッド演技にのめり込むあまり、精神の均衡《きんこう》が崩れ、薬物中毒に陥った。そして人気絶頂の三十六歳のときに、睡眠薬の過剰摂取で命を落としている。近年ではヒース・レジャーが「ダークナイト」（監督・クリストファー・ノーラン）のジョーカーを演じたときに、メソッド演技を実践し、役作りに没頭。過度の不眠症に陥り、多量の薬物を摂取して、映画の公開を待たずに急逝している。まだ二十八歳という若さだった。

日本ではメソッド演技というのはあまり一般的ではないが、そのような演技アプローチを試みる俳優を「憑依型《ひょういがた》」と称することがある。通常、俳優は台本を読んで、自分が演じる役柄の性格やプロフィールなどを考え、演じようとする。ときには、監督とディスカッションを重ね、自分がどのように演じれば作品にとって最も効果的かを「理論的」に考える俳優もいる。「憑依型」とは、まるで取り憑かれたように、役柄になりきり演じることを言う。「憑依型」の俳優は、天才と称されることがあるが、役柄から抜け出すことが難しく、精神的負担が大きいとされている。また感情の起伏が激しくなり、周囲との軋轢も多いと聞く。

こうして考えると、俳優というのはいかに精神的に不安定な仕事であるかということが理解できる。時として自分とは考え方も性格も違う人間になりきり、その人物が実在するかのように演じなければならないのだ。それが、極悪人や殺人犯などの犯罪者の場合もあるから厄介である。演技には常にリアルさを求められ、役柄と自分を同一視していくうちに、現実と虚構の区別がつかなくなってしまうこともあるのだろう。俳優の自殺者が多いのも、このことと無関係ではないのかもしれない。仕事とはいえ、私生活を犠牲にしたり、自らの感情を傷つけてまで、その役になりきらなければならないというのは、過酷な仕事である。一見華やかに見える職業ではあるが、その裏側には、私たちにうかがい知ることのできない苦悩があるのだ。
三枝飛鳥や筧真里亜、そして二十年前に自殺したという女優も、自らが演じる役柄に向き合い、思い悩んでいたのではないだろうか。無差別に六人もの男性を殺害した、殺人鬼の女を演じることになった三人の女優たち。しかも、殺害の動機については、シナリオには明確に示されていなかった。彼女らは、その心情をなんとか理解しようとして、映画のモデルとなった実在の殺人鬼である平山純子と自身を同一化させようとしていたに違いない。そして、自らの感情と平山純子の感情をシンクロさせていくうちに、心を病んでしまったのではないかと思う。

果たして筧真里亜はどこに消えたのか。
なにか手がかりが見つかるかもしれないと思い、平山純子の事件を自分なりに調べてみたが、いまのところ大きな収穫を得られたとは言えない状況である。三枝飛鳥や筧真里亜と同じように、連続殺人鬼である平山純子の心情に迫ろうとしたが、残念ながら納得のいく殺害の動機は見えてこなかった。だが一つだけ、事件を取材した一冊のノンフィクションのなかに気になる記述があった。『絞殺——なぜ殺すのか』(飯島隆子・深層書房)の一節である。

その記事を見て、新聞の縮刷版をめくる手を止めた。昭和十五年の古い記事である。記事の内容は、麻生《あそう》きく江《え》という女囚の絞首刑が執行されたというものだった。きく江は栃木県のG村で暮らす農家の主婦で、六名の村人を殺害した罪に問われ、死刑判決が下されていた。G村といえば、現在のY市S地区にあたる地域である。S地区は平山純子の出生地だ。そしてきく江が殺害した被害者の数も六名である。その記事を見て、否が応でも、平山純子が起こした事件との関連を想起せざるを得なかったことは言うまでもない。

これはどういうことなのだろうか。平山純子の事件の五十年以上も前に、彼女が出生した村で、女性による連続殺人事件があったのだ。しかも被害者の数も純子の事件と同じ、六人なのだという。これは全くの偶然なのか。それとも、平山純子の事件に、何か関係があるというのか。

5

視線の先に、のどかな田園風景が続いている——

平日の午後、車内は閑散としていた。ふと腕時計を見ると午後一時を回っている。乗換駅まで、まだ一時間以上はあった。ノートパソコンを開いて、原稿の整理をする。

列車が乗換駅に停車した。それから在来線を乗り継いで、目的の駅にたどり着いた。煉瓦造りのレトロな佇まいが残された地方の駅舎である。とはいえ、無人駅というわけでもなく、改札も自動化されていた。駅を出ると、小さなバスロータリーがあり、その先に雄大な山並みが連なっているのが見える。

時刻は午後三時すぎ。辺りにはあまり人の姿はなかった。幸い、タクシー乗り場に一台だけ黒塗りが客待ちをしていた。それに乗り込み、駅をあとにする。

秋晴れの空の下、タクシーが国道を走っていく。駅を離れるとすぐ建物はなくなり、周囲には田畑に囲まれた風景が広がっていた。

「どちらからいらしたんです」

景色を眺めていると、運転手が話しかけてきた。白髪頭で色の浅黒い、人の良さそうな人物である。観光地でもないので、私のような乗客が物珍しいのだろう。

「東京から来ました」

「そうですか。なんでまた、こんな何もないところにいらしたんですか。お仕事？」

「ええ、まあ、ちょっと……。あ、そうだ運転手さん。平山純子ってご存じですか」

「平山純子？　さあ、誰ですか。芸能人か誰かでしょうか？」

「二十年前に逮捕された殺人犯です。男性六人を立て続けに殺して死刑になった女性なんです。このあたりの出身ということなんですが」

バックミラー越しに、運転手が訝《いぶか》しげな顔を浮かべたのが見える。私が急に殺人犯の話などするので、面食らったのだろう。首を傾げながら言う。

「さあ、知りませんね。この場所でタクシーやり始めたの、最近なもんですから。申し訳ございません。でもお客さん、何でそんな昔の殺人犯のこと聞くんですか。マスコミの方？」

「ええ、まあ、そういったところです」

適当にはぐらかした。運転手から何か情報が得られるかもしれないと思ったが、残念ながら収穫はなかった。

三十分ほど走ると、目的地に到着した。料金を支払い、タクシーを降車する。

山間にある集落の入口である。道沿いに、古ぼけた丸形ポストがある郵便局や、よろず屋のような雑貨店などが建ち並んでいる。昔懐かしい、サインポールと呼ばれる赤白青の縞模様がくるくると回る看板を掲げた理髪店もあった。視線の先には、斜面に建てられた民家が点在している。

栃木県Y市S地区——

平山純子が生まれ育った地域である。ズボンのポケットからスマホを取り出し、地図アプリを起動した。現在地を確認して、登録した住所に向かって進んでいく。しばらく歩くと、目的の場所にたどり着いた。

一軒の戸建て住宅である。周囲の家は、築年数が相当経っていそうなものばかりだが、この住宅は比較的新しいようだ。駐車場には車が停まっていなかった。出掛けているのだろうか。なかの様子を窺うが、カーテンが閉められていて、人の気配はない。どうやら留守のようである。私としてはその方が都合がよかった。誰かが家にいると、ゆっくりと観察することができない。不審者として怪しまれるかもしれないからだ。

ここにかつて、純子の実家である中華料理店があった。当時の資料や記事から、彼女の実家があった場所の住所を特定したのだ。資料によると、純子が逮捕されたあと、家族は別の土地に移り住んだということだった。この住宅は、中華料理店が取り壊されたあとに建てられたものなのだろう。別の誰かが土地を買い、ここに家を建てたのだ。念のため、バッグからファイルに挟んでおいた雑誌のコピーを取り出す。

純子の事件を報道した当時の記事である。誌面には、連続殺人犯・平山純子の実家として、中華料理店の写真が掲載されていた。コピーをかざし、記事に掲載された写真と、視線の先の住宅を見比べる。建物は違うが、道路の形状や背景の山並みは同じである。

記録のために、周辺の写真を撮っておくことにした。スマホをかざし、内蔵カメラのシャッターを押す。

至って普通の、田舎の村の風景である——

だがここは、六人もの男性の命を奪った連続殺人犯が、少女時代を過ごした場所なのだ。そう思うと、何やら不思議な感覚にとらわれる。記事によれば、純子は近所の評判もよく、店の手伝いをよくする看板娘だったそうである。家族思いで、気立てもよく、彼女のことを悪くいうものは誰もいなかったというのだ。そんな少女がなぜ、殺人鬼に成り果てたのだろうか。

その場を去り、集落の道を歩き出した。

辺りは閑散としており、人の姿はあまりなかった。道すがら、畑仕事をしている老婦人と目が合ったので、軽く会釈を交わす。少し歩いていくと、古ぼけた木造の建物が見えてきた。入口の扉や窓は板でふさがれ、人が出入りできないようにされている。家の外壁は、木材は黒く変色し、所々が腐食しており、今にも崩れ落ちそうだ。

この廃屋同然の建物が、かつては写真館だったという。事件の資料には、平山純子は学生時代に、ここでアルバイトをしていたとの記述があった。彼女の実家は、店の融資金の返済に追われており、決して裕福ではなかった。純子は家業を手伝う傍ら、ここでバイトして、学費の足しにしていたというのだ。当時、店の表には、純子をモデルに撮影した写真が多数飾られていた。美人と評判だったので、写真のモデルとしては最適だったのだろう。だが事件発覚後は、すべて撤去されたということだ。今は看板などもなく、ここが写真館であったことは、判別が難しい状況である。

スマホを取り出し、また写真を撮る。アングルを何度か変えて、かつての写真館の景色をスマホのカメラに収めた。撮り終わると、改めて周囲の風景を見て、自分の目にもしっかりと焼き付けた。

烏《からす》の鳴き声がする。日が傾きかけていた。スマホの時刻表示を見ると、午後四時半を過ぎている。そろそろ行かなければならない。スマホをズボンのポケットに入れ、その場を後にした。

来た道を戻り、郵便局や雑貨店がある辺りに着く。ある一軒の店の前で立ち止まった。入口のシート看板は色褪せ、そこにペンキで書かれた店名や電話番号は掠れて判別できないほどだ。だがこちらは廃屋というわけではない。今も営業を続けているクリーニング店である。

ガラス戸越しに覗き込むと、店先に五十代くらいの男性の姿があった。どうやら客はいないようだ。約束の時間より少し早かったが、訪問することにした。戸を開けて、男性に声をかける。名を名乗り、取材で訪問した旨を告げると、店の裏側にある玄関の方に回ってほしいと言われた。

指示通り、店を出て、建物の裏側に向かう。玄関に着くと、白髪頭の小柄な老婦人が出迎えてくれた。今日の取材相手のTさんである。座敷に案内され、そこで話を訊くことになった。

「突然お電話して申し訳ございません。取材をお受けいただいてありがとうございます」

「いえいえ、こちらこそ。遠いところからわざわざご苦労様です。私で分かることでしたら、お話ししますよ」

頭こそ総白髪だが、Tさんは七十八歳とは思えないほど矍鑠《かくしゃく》としていた。話し方も、言葉につまることなく、はっきりとしている。彼女に取材をしたのは、平山純子のことを訊くためだ。Tさんは事件当時、雑誌のインタビューに応じ、コメントしていた。記事にクリーニング店の名前が書いてあり、調べてみると今でも営業していることが判明した。そこで店に電話して、取材を依頼したのである。

Tさんは、二十四の歳で嫁いできたので、この家で暮らしてもう五十年以上になる。店にいた男性は、彼女の息子であり、Tさんの夫は、五年前に他界していた。彼女も、少し前までは仕事を手伝っていたが、さすがに今はもう隠居し、店のことは息子夫婦に任せているとのことだ。

「それでは、いろいろとお話を聞かせていただければと思います。まず平山純子について、彼女のことは覚えていらっしゃいますでしょうか」

「もちろん覚えていますよ」

「平山純子はどんな女性だったんでしょうか」

「とても器量のよい娘さんでした。彼女の弟がうちの子と同い歳だったんで、小さいころは三人でよく遊んでいましたよ。このあたりをよく走り回っていました」

「気立てがよく、家族思いだったという話ですが、そのあたりはいかがですか？」

「ええ、そうでした。たまに家族でお店に食べに行くと、純子ちゃんがいて、水を配ったり、注文を取ったりして働いていました。至って普通のお嬢さんでしたよ。虫も殺さないような、優しい性格でしたし、すれたところもなく、勉強もできて、本当に可愛らしくて。近所でも評判の娘さんでしたから」

「そうですか。では、彼女が逮捕されたと聞いたときはどう思われました？」

「それは驚きましたよ。新聞を見て、犯人の名前を見たとき、同姓同名の違う人かと思ったぐらいですから。でも写真を見ると、あの純子ちゃんだったんでびっくりしました。だって何人もの男の人を絞め殺したんでしょう。何でそんな恐ろしいことをしたのか？　その話を聞いて、震え上がりましたよ。それからこのあたりは大騒ぎでした。新聞記者が来たり、テレビのカメラが来たりしてね。こんな静かな場所でしょ。うちにも取材の人が毎日のように来て。だから、それはもう大変でした」

「平山さんのご家族の様子はどうでした」

「すぐに店を閉められたみたいですよ。あんなことがあったら、営業を続けるのは無理でしょう。マスコミもずっと店の前にいましたからね。家族の方も、ずっと家のなかに閉じ籠っていたので、お話しすることはなかったですね。外で見かけても、声をかけられる雰囲気でもなかったですし。それですぐに店を引き払って、どこかに引っ越しされましたね」

「お店は人気店だったようですね」

「ええ、県外からも、評判を聞いて食べに来る人もいましたから。私も塩ラーメンが大好きでした。事件のころは、純子ちゃんのお兄さんが店を継いでいてね。おばさん、これからもよろしくって張り切っていましたよ。でもあんなことがあったら、店を続けていくなんて無理なんでしょうね」

「そうですか。では、この近くにあった写真館についてお伺いしたいんですが。今はもう誰もお住まいになっていないようですね。いつ頃から、あのような状態になったんでしょうか」

「さあ、いつ頃からかしら？　結構前からじゃないですかね。もう十年以上は、誰も住んでいないと思いますけど」

「あの写真館で、平山純子がアルバイトしていたんですね」

「ええ、そうです。あそこのご主人が彼女のことを可愛がっていましたからね。あれだけの美人でしょう。よく彼女を連れて、このあたりで写真を撮っていましたよ。店の表に飾っていました」

「ご主人というのは男性ですか」

「いいえ、旦那さんを早くに亡くされて、奥さんが一人でやられていました。子供もいなかったので、よく冗談半分で、純子ちゃんをうちの養子にするなんてことも話していましたね。これは聞いた話ですけど、アルバイト代も結構払っていたようですよ。平山さんのところは家計が苦しかったので、援助しているようなことも言っていました」

「そうなんですか」

「純子ちゃんも奥さんのことを慕っていたらしくて、大学に行ったあとも、帰省したときは必ず写真館に立ち寄っていました。中華料理店の実家よりも、写真館の方が彼女の実家みたいだっていう人もいましたから」

「写真館をやられていた女性は、今はどうされているかご存じですか」

「さあ、分かりませんね。よくうちの店には来られていましたけど、そこで世間話する程度でしたから、それ以外の付き合いはありませんでした。引っ越しするなんて挨拶もなかったですし、いつ店を辞められたのかも知りません」

「そうですか。ありがとうございます。もう一つお聞きしたいんですが、古い話で恐縮なんですが、このあたりで戦前に、殺人事件があったのをご存じですか。農家の主婦が、六人の村人を次々と殺害した事件。麻生きく江っていう名前なんですけど、彼女も平山純子と同じように逮捕されて、死刑に処されているんです」

「ええ……聞いたことありますよ。嫁いできたときは知りませんでしたが、純子ちゃんが逮捕されてから、大昔にそんな怖い事件があったという話を耳にしました。その麻生きく江という人が、すごい霊感の持ち主で、病気を治してやると言って、村の人を家に呼んで、殺していたんですよね。警察が彼女の家に踏み込んだときは、畑のなかから死体がごろごろと出て来たという話ですから……」

そう言うとTさんは口籠った。

「どうかされましたか？」

「え、いや、あのね……。ちょっと変なことを思い出したので」

「変なこととは？」

Tさんが、声を潜めて言う。

「そういえばあの写真館の奥さんも、霊感があるなんて言って、人を集めていました。病気を治してあげるからって。まじない師の真似事みたいなことをして。私は気味が悪くて、行きませんでしたけど」

取材を終え、Tさんの家を出る。

外は真っ暗になっていて、漆黒の空には星が瞬いていた。呼んでもらったタクシーに乗り、駅に向かう。

それにしてもTさんの話は気になった。写真館の女も、麻生きく江と同じように、霊感があり、病気を治すと言って人を集めていたというのだ。平山純子は、写真館でアルバイトをしており、女主人を慕っていた。この事実は、一体何を示しているというのか。

6

ここで、昭和十三年に栃木県G村で起きた麻生きく江の事件について記しておくことにする。以下は、現存する記事や資料をもとに、事件の詳細をまとめたものである。

昭和十三年十一月十日、井岡甚平《いおかじんぺい》(仮名)という巡査が、栃木県G村(現在のY市S地区)にある麻生という農家を訪れた。近くにある別の農家の主婦、江藤《えとう》チヨ(当時二十五歳)の行方が数日前からわからなくなっていたからだ。チヨの夫、吾郎《ごろう》(当時二十九歳)も二週間ほど前から家に戻っていなかった。吾郎は、麻生家の嫁のきく江(当時二十八歳)と姦通しているのではないかという噂があった。そのため、チヨは夫がきく江のもとにいるのではないかと考え、「麻生の家に行く」と告げて家を出たというのだ。そしてそのまま、彼女も消息が途絶えてしまった。不審に思った家族が駐在所に駆け込み、井岡巡査が麻生の家を訪れることになった。

井岡が家の前まで来ると、外の畑でひげ面の男が野良仕事をしていた。きく江の夫の竹二《たけじ》(当時三十歳)である。麻生家は、竹二ときく江、竹二の母のタエと四人の子供がいる七人家族だった。井岡が事情を話すと、竹二はぶっきらぼうに言う。

「吾郎とチヨなら、いまうちにいるよ」

「会わせてくれないか」と言うと、竹二は返事もせずに歩き出した。彼は寡黙な男だ。井岡は、竹二の後ろを付いていった。姦通相手のところに、夫婦揃って何日もいるというのは変な話だ。痴話喧嘩でもめているのか。それとも互いの夫婦が意気投合してうまくやっているのか。まあいずれにせよ、竹二が「うちにいる」というから、嘘ではあるまい。吾郎とチヨの無事がわかれば、自分の仕事も終わる。そう思い、家に向かった。

だが、それは大きな間違いであったことを井岡は悟る。竹二が家屋の引き戸を開けると、なかから、ひどい悪臭が漂ってきた。これは何の臭いなのか。彼の後に付いて、広い土間に入っていく。

「二人は奥で寝ている」

竹二はそう言うと、履物を脱いで上がり框をのぼった。井岡もそれに倣う。異臭はさらにひどさを増してきた。いやな予感がする。部屋中に臭いが立ちこめているのに、囲炉裏の周りでは子供たちが遊んでいた。異様な光景である。奥の締め切られた襖の前まで来ると、竹二は足を止めて言う。

「このなかにいるよ」

彼が襖を開けた。

薄暗い部屋である。目を凝らして室内を見た。部屋の真ん中に、黒い布団が二つ並んでいる。奥には小さな祭壇があり、女が一人、大きな数珠を手に、熱心に念仏を唱えていた。恐る恐る布団の方を覗き込むと、井岡は思わず声を上げる。

布団に寝かされていたのは、二つとも人間のようだった。服装や髪型からすると、一人は男で一人は女なのだろう。だが、男の顔や服から出た手足の皮膚は腐り、どす黒く変色していた。ところどころ白骨も浮き出ている。女の顔は、かろうじて原形をとどめていたが、よく見ると目玉はどろりと腐りかけており、褐色に変色した肌の上に無数の蛆虫が蠢いていた。布団の色はもともと白かったようで、黒く見えたのは、遺体から流れ出た血や体液を吸って変色していたからだった。

胃のなかの内容物が込み上げてくるのを、なんとか堪えた。これほどのおぞましい遺体を見たことがなかった。うわずった声で、竹二に言う。

「お前がやったのか」

竹二は黙ったまま、小さく頭《かぶり》を振った。そして、奥で髪を振り乱し、念仏を唱えている女を指さした。

「きく江がやった。俺たちは手伝っただけだ」

井岡はすぐ駐在所に戻り、本署に連絡した。竹二ときく江は、駆けつけた刑事に逮捕され、連行された。検視の結果、布団の二つの遺体は、行方がわからなくなっていた江藤吾郎と妻のチヨであることが判明した。吾郎は死後十二日、チヨは死後五日が経過しており、二つの遺体の頸部に圧迫痕があったことから、縄のようなもので首を絞められて窒息死していたことがわかった。

取調べを受けたきく江は、すぐに犯行を認めた。彼女は吾郎と、以前から肉体関係があり、彼女が人目を忍んで麻生家を訪れたときに、殺害したのだという。犯行の動機について、彼女の供述は曖昧だった。きく江はとくに、吾郎を恨んでいるわけではなかった。不倫関係もお互い同意の上であるし、彼女が無理強いされていたわけではない。しかも、吾郎との関係は、きく江の夫の竹二も了解の上で行われており、もめ事などもなかった。

殺害の動機について、きく江は神の啓示があったからだと供述している。突如「吾郎を生かしておいてはいけない」というお告げが降りてきて、殺したというのだ。きく江は霊感があると評判の女性だった。彼女には神様が乗り移っており、祈禱でどんな病気もたちどころに治してしまうとして、周囲の者を驚かせていた。吾郎も、もともとは彼女の治療を受けた患者の一人だった。村人を集めて、怪しげな儀式を行っていたという記録もあった。

竹二は、妻の霊的な能力を盲目的に信じていた。彼はきく江に惚れ込んでいた。妻に神が降りて来てからは、その能力に畏怖して、愛が尊崇の念に変わっていったという。不倫を認めたのも、「神のお告げ」だからという妻の言葉に、なんら疑問を感じていなかったからだ。きく江が吾郎を殺害したときも、神託だからと言われ、遺体の運搬などを行った。

きく江が、チヨを殺害した経緯も明らかになった。彼女が訪れたとき、竹二が「吾郎は奥の部屋で寝ている」と言って、家のなかに招き入れた。夫の亡骸を見たチヨは、激しく動揺し、半狂乱に陥ったという。「人でなし」と叫びながら、出ていこうとする彼女を、竹二が取り押さえた。チヨの服を脱がすようにきく江が指示を出し、彼はそれに従う。さらにきく江は「吾郎の隣に布団を敷いたから」と言い、そこでチヨを強姦するように竹二に命じる。これもすべて「神様の言うことだから仕方ない」とのことである。嫌がる裸のチヨを無理矢理また奥の和室に連れ込み、そこで彼女を犯した。さすがの竹二も「夫の遺体の横でチヨを強姦するのは気が引けた」と供述している。そのあとにきく江が来て、茫然自失の状態だったチヨの首に縄を掛けた。そして彼女を絞め殺したのである。そのときのきく江の顔は、残忍な悪鬼のようでもなく、うすら笑いを浮かべているわけでもなく、まるで人形のように表情が消え失せていたという。

その後の調べで、彼女の犯行はそれだけではなかったことが判明する。当時その地域では、行方不明者が相次いでいた。周辺で暮らす村人のなかには、神隠しの里と噂するものもいた。それらの事件にもきく江が関係しているのではないかと尋問すると、あっさりと犯行を認めた。彼女の証言通り、彼女の家の畑を掘り起こすと、続々と白骨化した遺体が見つかった。発見された人骨は四体に上り、そのなかに、竹二の母であるタエの遺体もあった。

タエ以外の三体の人骨は、衣服や所持品などから、行方不明者であることが判明する。三体の人骨はみな男性で、姦淫目的できく江の家に足繁く通っていたものたちだった。彼らを殺害した動機も、やはり「神の啓示である」と彼女は供述。それ以外の理由は一切ないと述べている、義母のタエを殺したのも同じで、怒りや憎しみなどの感情はなかったという。取調べでは「お義母《かあ》さんには本当に悪いことをした」と、珍しく反省の弁を口にしている。

殺害後、遺体を畑に埋めたのは竹二だった。驚くのは、その作業を四人の子供たちに手伝わせていたことだ。きく江は子供らに「神様のお手伝い」だと言い聞かせ、殺害した男の遺体や祖母であるタエの遺体を畑に埋めさせていたのである。子供らは、母親の言葉に疑問を抱くことなく、土まみれになりながら、せっせと穴を掘り続けていたという。

行方不明者の男三人と義母のタエ、そして江藤吾郎とその妻チヨの六人の命を奪った麻生きく江。彼女が霊的な能力を授かったのは、五年ほど前だという。それまでは働き者で愛嬌のある、至って普通の女房だった。だがある日突然、童謡のような唄を歌い出して、周囲を困惑させる。「一体何の唄だ」と聞くと、きく江は「神を讃える祝いの唄だ」と言い、それから能力を発揮するようになった。さまざまな予言を的中させたり、病気で苦しむものを祈禱で治して、周囲を驚かせたのだ。きく江の不思議な力は評判を呼び、多くの村人らが彼女の家を訪れるようになる。そして、治療と称して男たちと肉体関係を持ち、夫の竹二も、その行為は神事であるとして黙認していた。

犯行も、神の宣託によって行われていたという。そのときのことを、きく江はこう供述している。

「光が降りてくるんだ。チカチカと目の前を点滅するような光だ。それが来たら拒むことはできねえ。神様が言うんだ。そいつを生かしておいてはいけねえって。神様の言葉は絶対だから、言うこと聞くしかねえ」

逮捕されてからの彼女は、まるで憑き物が落ちたように、従順に取調べに応じていたという。その姿は、六人もの人間の命を奪った殺人鬼とはとても思えなかった。その理由を刑事が訊くと、神妙な顔をして「だってもう神様はいなくなったから」と答えている。

昭和十三年十二月十三日、事件発覚から一ヶ月ほどが経過したその日、久しぶりにきく江が、村にその姿を現した。後ろ手に縄で縛られ、警察官に連行されてきたのだ。「この女は、六人の村人を無残にも虐殺した、人でなしの殺人鬼だ」。そう叫ぶ警察官に縄でつながれて、集落の道を歩かされた。当時はまだ、江戸時代の市中引き回しのような風習が残されていたのである。村人たちは怒りの目で彼女を睨みつけ、なかには石をぶつけるものもいた。その恥辱に耐え忍ぶように、唇を噛みしめながら、彼女は村中を連れ回されたという。

この事件が起こった背景には、地元に根強く残る民間信仰の影響があった。当時、山間部の地域では医療体制が十分に発達しておらず、祈禱や呪いで病気が治ると信じられていたのだ。きく江のような呪術師は、各地域に存在しており、村人たちから崇められていた。そのことが、事件発覚を遅らせる要因になったのだろう。「神様」の指示に背いたり、疑問を呈したりすることは、絶対に犯してはいけない禁忌《タブー》だったからだ。

昭和十五年七月十一日、きく江の死刑が執行された。首に縄を掛けられ、絞首台から落とされるその間際まで、彼女は唇を震わせながら、念仏を唱え続けていたという。事件後、四人の子供は親戚に引き取られ、村を出て行った。夫の竹二は刑務所に服役した後、刑期を終えて出所した。その後徴兵で南方に渡り、戦死したということである。

以上が、昭和十三年に起きた麻生きく江の事件の詳細である。

飯島隆子が著した『絞殺――なぜ殺すのか』にも書かれていたとおり、麻生きく江と平山純子、二人の殺人犯にはいくつかの類似点が見られる。まずは二人とも若い女性であり、栃木県Y市のS地区（昭和十三年当時はG村）で生まれている。殺害方法も、絞殺という点が一致しており、死者の数も六人と同じだ。また動機についても、きく江は「生かしておいてはいけねえ」という神のお告げがあったからだと供述しており、純子も「今彼らを殺さなければならないという、衝動に駆り立てられていた」と語っている。またきく江は、殺害のときに降りてきた神の宣託について、「光が降りてくるんだ。チカチカと目の前を点滅するような光だ」と供述しており、純子も殺害のときに感じた「衝動」について、「何の前触れもなく、火花がはじけ飛ぶように」と表現していた。

この奇妙な一致は何を意味しているのだろうか。事件が起きたのは、昭和十三年と平成三年と、五十年以上もの時間の隔たりがあるのだが、二人とも同じ地域の出身で、初犯時の年齢は二十代であり、殺害方法や被害者の数も同じである。さらには殺害の動機は金銭目的や怨恨などではなく、「神様のお告げ」や「衝動」などの目には見えないものに導かれたと、その証言までも酷似している。

そして今度の取材では、集落にあった写真館の女主人も、霊感があるとして、人を家に集めていたということがわかった。病気を治してあげると言って、まじない師の真似事をする行為は、麻生きく江とまるで同じである。写真館は、平山純子が高校生のときにアルバイトをしていた場所だった。クリーニング店のTさんの話によると、彼女は女主人のことを慕っていて、帰省したときも必ず立ち寄っていたという。

麻生きく江と平山純子。二人の女殺人鬼をつなぐものは、あの写真館にあるような気がしてならない。ここで想像を巡らせてみる。

麻生きく江には四人の子供がいた。遺体を畑に埋めるのを手伝っていた子供たちだ。氏名や年齢などは記録に残されていないが、そのなかの一人が写真館の女主人である可能性はないだろうか。もしその子供が事件当時、十歳ほどだったとしたら、平山純子が高校生のときは五十歳ぐらいである。子供たちは事件の後、親戚に引き取られて村を出たというが、その娘だけが村に戻ってきたのかもしれない。

写真館の女主人は麻生きく江の娘だった――

もしそうだとしたら、写真館のなかでは何があったのか。平山純子もそこでアルバイトしていたというが、女主人とはどんな関係だったのだろうか。純子は十七年前に獄中で病死している。

写真館も廃屋同然で、女主人の行方は分からないので、今は詳細を知る術はない。ただし、彼女が麻生きく江の子供だとしたら、五十年のときを隔てた、二人の殺人鬼を結ぶ、驚くべき事実であることに相違ない。

もしかしたら、平山純子は女主人から麻生きく江のことを聞かされ、多大な影響を受けたのかもしれない。思春期のころに知った女殺人鬼の話が深層意識の奥底に深く植え付けられ、事件を起こしたのだ。もしくは、女主人が純子を恣意的に洗脳したという可能性も考えられる。麻生きく江は、村人らを集めて、怪しげな儀式を行っていたという。女主人も、写真館のなかで、密かに儀式のようなことを行って、純子に母親のごとき残忍な殺人鬼の意志を継承させたのかもしれない。

だがそれらは飽くまでも私の想像に過ぎない。これからの調査で、以上の疑問が明らかになってくれたらと願っている。

7

私は今、激しく混乱している。

これはどういうことなのか。新たに浮かび上がった事実を知り、それに対する適切な解答が得られないでいる。

実は今日、ある男性のもとを訪れた。彼の名前は矢作連という。年齢は五十八歳。銀縁眼鏡に白髪交じりの口髭を蓄えた、温厚で知的な雰囲気のする人物である。東京郊外にある、瀟洒な邸宅のリビングルームに通され、そこで話を訊いた。

「もう二十年も前のことで恐縮ですが、『殺す理由』という映画のシナリオを書かれた経緯について、伺いたいと思います。当時のことは、覚えていらっしゃいますか」

「もちろん覚えていますよ。あれは脱サラして、シナリオライター一本で食っていこうと思っていたときに書いたものだから、お蔵入りになったと聞いて、すごく悔しい思いをしたんです。自分でも、とても手応えのあるシナリオが書けたと思っていましたから」

落ち着いたバリトンボイスで、彼はそう答える。そう、平山純子の事件をモデルにした「殺す理由」の脚本を書いたのが矢作である。彼が所属するシナリオの協会に連絡を取り、取材を依頼した。私は二十年前にオリジナルの脚本を書いた「矢作連」という人物のことが気になっていた。高柳のルポには、矢作へのインタビューはなかったので、自分で取材することにしたのだ。彼に訊けば、この「呪われたシナリオ」と呼ばれる脚本が書かれた経緯など、当時のことが分かるかもしれないと思った。

矢作はかつて、映画やテレビドラマの脚本を数多く手がける人気シナリオライターだった。ドラマ好きの方のなかには、彼の名前を聞いたことがあるという人も多いのではないだろうか。今は現役を引退し、映像関係の専門学校で講師として後進の指導に当たっているという。

「なぜ、平山純子の事件を題材にしたシナリオを書かれたんでしょうか」

「依頼があったからです。知り合いの監督から、平山純子の事件を題材にした映画を撮るので、脚本を書いてくれないかと。そのころは、犯人が逮捕された直後で、ニュースやワイドショーはその話題ばかりでしたから、当たると思ったんでしょう。私が書いたシナリオを読んで、監督は喜んでくれましたよ。これは女性版『復讐するは我にあり』になるって、息巻いていました」

「復讐するは我にあり」（監督・今村昌平《いまむらしょうへい》）は、一九六三年に五人を殺害した西口彰《にしぐちあきら》事件を題材とした劇場映画作品である。佐《さ》木隆三《きりゅうぞう》の直木賞を受賞した同名小説が原作であり、一九七九年に公開され、数々の映画賞を総なめにした。

「映画の撮影が中止になった理由は、主演する予定だった女優が、演技に悩んで自殺したからだと言われていますが、それは本当ですか」

「いや、それは違いますね。主演女優が役作りに悩んでいたという話は聞いていますが、それが理由で中止になったわけではないですよ。確か映画化の話を知って、被害者の遺族からクレームが入ったということです」

「そうなんですか。噂によると、その女優が、役作りに苦悩して命を絶ったということですが」

「それは飽くまでも噂ですよ。事実は、被害者の遺族ともめたからです。あのときは、まだ裁判が始まったばかりで、プロデューサーのところに被害者の弁護士から抗議文が届いたということです。だから、映画を中断せざるを得なかったそうです」

「女優の方が、役作りに悩んでいたという話は、本当のことなんですね」

「ええ、そうです。確かにあの役は、役者を悩ませるのかもしれないですね。私が書いたシナリオは、現実の事件と同じように、彼女が殺人を繰り返す理由の答えを出していませんから。監督と話し合って、あえてああいう形にしたんです。現実に起きた事件だから、私たちが想像でもっともらしい答えを出しても、それは野暮というものでしょう。だから、わざとドラマチックにすることなく、説明も最小限にとどめて、淡々と物語を描写することにしたんです。分かる人に分かればいいって」

「ではその女優は、ご存命だということですか」

「いや、確か事故で亡くなられたと聞いています。それも、映画が中止になってから、何年も後のことです」

　私は口を閉ざした。二十年前に主演女優が自殺したという話は、事実ではなかった。きっと、その女優が事故で亡くなったということが、「演技に悩んで自ら命を絶った」という話に歪曲されて、噂話として広がっていったのだろう。

「去年と今年の二度にわたり、またこの矢作さんが書かれたシナリオを映画にしようという動きがありました。そのことはご存じですよね」

「ええ、もちろん知っていますよ。シナリオを使いたいという連絡がありましたから」

「昨年、映画の制作が進んでいたときは、オーディションで選ばれた女優が、演技に悩んで自ら命を絶っています。今年は、主演に決まった女優が失踪して、その行方がわかっていません。そのことに関しては、どう思われますか」

「まあ、率直に言うと、このシナリオを映画化するのは、やっぱり無理なんじゃないかと思いましたね。二十年前も、大分演技に悩んでいたようですし、去年は本当に自殺者まで出たというじゃないですか。シナリオを読んで、演じようとする女優たちを悩ませたのだとしたら、私にも責任の一端はあるんでしょうね」

「巷では『呪われたシナリオ』と呼ばれているようですが、そのことについてはいかがですか」

矢作は苦笑いを浮かべながら言う。

「確かに呪われているかもしれないけど……。まあ、それに関しては、私としては、何も言うことはありませんね。もちろん、そういったことを意図して書いたわけではないので。それに、先程も言ったように、最初の女優さんが亡くなったのは、映画とは関係ありませんから」

「そうですか。ちなみに二十年前に主役を演じる予定だった女優は、有名な方だったんですか」

「いえ、確か新人だったと思います。主役も初めてだって」

「その方と会われたことがあるんですか」

「ええ、一度だけありますよ。クランクイン前の顔合わせで。長い黒髪の、すらっとした顔立ちのきれいな女優さんでした」

「その方はオーディションで選ばれたんでしょうか」

「いや、オーディションじゃなかったんじゃないかな。プロデューサーが見つけてきたんです。この役にぴったりの女優がいるって」

「その女優の名前って、わかりますか？」

「いや……覚えてないけど……。ああ、そうだ、当時の台本があるから、それを見れば分かりますよ。持ってきましょうか」

「申し訳ございません。お願いします」

矢作は立ち上がると、階段を上っていった。しばらく待っていると、彼が一冊のシナリオを手に下りてきた。私にそれを差し出して言う。

「どうぞ、ご覧ください。ここに主演女優の名前が書いてありますよ」

「ありがとうございます」

二十年前のシナリオ――

保存状態は良好であるが、よく見ると表面は微かに色褪せ、なかの紙も褐色に変色している。

早速ページをめくり、キャスト欄を確認する。

主演女優の名前を見て、私の思考は一瞬停止した。思わず彼にこう告げる。

「あれ、矢作さん、これは本当に二十年前のシナリオですか」

「ええ、そうですよ。どうかしましたか」

「いえ……」

手にしていたシナリオをまじまじと見る。

確かに彼の言うとおり、これは二十年前のものなのだろう。紙の劣化の状態が、その事実を表している。キャストの主演女優の欄には、こう記されていた。


「吉川凜子（二十八）……筧真里亜」


私の頭は激しく混乱する。二十年前に印刷されたはずなのに、なぜか「筧真里亜」の名前が記されていたからだ。

確か真里亜は、今年で二十五歳。シナリオが書かれた一九九六年は、まだ五歳のはずである。ということは、二十年前にこの映画の主演をするはずだった女優は、真里亜と同姓同名ということになる。

この事実は何を表しているのか。すぐに適切な答えが浮かび上がってこない。偶然にしては、出来すぎた話である。一体なぜ、二十年前に主演する予定だった女優も「筧真里亜」という名前なのか。矢作にその理由を訊くが、彼も分からないようだった。矢作は、今回オーディションで選ばれた女優に、プロデューサーが話題づくりのため、わざと二十年前に演じる予定だった女優の名前を付けたのではないかという。だが高柳のルポには、筧真里亜の名前は芸名ではなく、本名であると書かれていた。これはどういうことなのか。

疑問が解消されないまま、矢作の家を後にした。

さらにもう一つ、私はある不可解な事実にたどり着いた。

麻生きく江の事件について調べているときに知った、その地域に伝わる古い伝承についてである。

彼女の事件があった栃木県G村（現在のY市S地区）には、「悪女伝承」という言い伝えがあった。「悪女伝承」とは、呪術を使って、村人たちに非道の限りをつくす女の伝説である。その女は、誰もが見惚れるほど美しい顔をしているが、その正体は恐ろしく残忍な魔物なのだという。淑《しと》やかな乙女と、残忍な鬼女という二面性を持つ女。美しい容姿と魅惑的な肉体で男を誘惑し、自分の虜《とりこ》にさせる。彼女の虜になったら、もう逃れられない。気がつくと財産はすべて奪われて、命まで取られてしまう。挙げ句の果てには、虜にした男たちを操り、怪しげな衆を結成し、村に恐怖を与えていた。

一計を案じた、村を治める蒲生家の主《あるじ》は、女を捕らえようとするが、呪術を使われ太刀打ちできない。さらに女は、村人たちに襲いかかり、次々と生き血を吸っていった。このままでは村が滅んでしまう。そこで主は、諸国行脚の業で村に来た高僧に退治を願い出た。高僧は力を尽くして悪女の呪術を封じ、見事彼女を捕らえたのである。

女は磔台《はりつけ》に縛られて、火あぶりの刑に処された。生きたまま、彼女の身体に火が付けられる。瞬く間に全身は業火に包まれ、村中に女の悲鳴が轟いた。真っ暗だった空は紅蓮の炎に照らされ、血のように赤く染まっていた。灼熱の炎にあえぎながら、彼女は呪いの言葉を吐きつづけた。

「この身を焼き尽くされようが、わが恨み果てることなく……。灰になっても、呪い続ける。この恨み、未来永劫消えることなどない……。たとえこの体が滅びたとしても……ずっと呪い続ける……」

悪女は灰となり、この世から消え失せた。高僧は手を合わせると、何やら呪文のようなものを唱え始めた。

「闇は光なり、地は天なり、汝《なんじ》はわれなり、けだものは人なり、夢はうつつなり、闇は光なり、地は天なり、汝はわれなり、けだものは人なり、夢はうつつなり……」

呪文を終えると高僧は言った。「これで魔物は封じられた。でも、決して油断してはならない。あの女はいつ蘇るかは分からない。ああ恐ろしや、恐ろしや……」。

女はなぜ、悪事を繰り返したのか。一説によると、かつて女には深い愛の契りを交わしていた男がいたという。だがある日、二人は村の長によって引き裂かれた。村の長は、自分の娘の婿にするために、女から男を取り上げたのだ。失意のなかで、女は恋慕の情に激しく身を焦がした。美しい娘だった女は、闇に墜ちて、魔物に変わり果てたのだという。または男が女を裏切って、村の長である蒲生家の娘を選んだため、復讐の炎が彼女を化け物に変えたという説もある。

伝承によると、悪女が灰となってこの世から消え失せたあとも、異変は続いたという。山の外れでは、身を八つ裂きにされた高僧の亡骸が見つかった。また蒲生家でも死者が相次ぎ、村人たちは悪女のたたりではないかとひどく恐れたというのだ。

さらにこの伝承は、唄として残されたという逸話もある。その唄は、悪女が滅びたあとも、彼女を信奉していた邪教の衆が作ったというが、今は知るものはいない。なぜなら、その唄を歌うと、悪女を蘇らせるという言い伝えがあったからだ。だから、村では「絶対にその唄を歌ってはいけない」と固く禁じられていた。いわゆる忌《い》み唄《うた》である。その唄はどんなものだったのか。愉快なわらべ唄のようであったというが、その歌詞には恐るべき悪女の実相が秘められているというのだ。また唄の歌詞を、声に出して読み上げたり、その意味を解き明かすと、不吉なことが起きるという言い伝えもあった。この伝承を記録した資料には、忌み唄の存在は記述されていたが、それが具体的にどんな唄だったのかは書かれていなかった。よって今は、忌み唄については誰も知る由もないというわけなのだ。

以上が「悪女伝承」の概要である。麻生きく江の事件が起きたとき、この伝承を思い出すものがいた。彼女が、伝承の「悪女」の生まれ変わりではないかというのだ。確かに、きく江の事件と「悪女伝承」の話はよく似ている。生まれ変わりかどうかは分からないが、きく江が「悪女伝承」を模倣して、殺害を実行したのかもしれない。そういえばきく江は、「神様」が降りてきたとき、聞き慣れない童謡のような唄を歌っていたという。もしかしたら、それは伝承にある忌み唄なのではないか。

平山純子も、この「悪女伝承」を知っていた可能性はある。麻生きく江と同じように、伝承を模倣して犯行を繰り返したのかもしれない。もしそうだとしたら、なぜ彼女らはそのようなことを行ったのか。その理由が分からない。すべては、業火に包まれ灰と成り果てた、悪女の呪いだというのか。

映画の主演女優に次々と不幸が訪れるのも、この伝承が関係しているのだろうか。映画のシナリオに魔物が取り憑き、主演女優らを次々と呪っているのだ。悪女は淑やかな乙女と、残忍な鬼女の二面性を持っていたという。このような話を聞くと、否が応でも筧真里亜のことを想起せざるを得ない。彼女にも、この伝承の悪女が取り憑いたというのか……。

いや、少し想像が過ぎてしまったようである。そのようなオカルト的な話が現実にあるわけはない。現に、二十年前の主演女優は、演技を苦にして自殺したわけではなかった。数年後に事故死したという話が誇張され、噂話として広がっていただけだったのではないか。よく調べていけば、「呪い」などではなく、もっと合理的な答えがそこにはあるはずなのだ。それが何なのか、私は知りたい。

今回の取材で浮かび上がった、不可思議な事実——

八十年近く前に起きていた、純子の犯罪に酷似した麻生きく江の事件。

二人の女殺人鬼の故郷に伝わる「悪女伝承」。

決して歌ってはいけないという忌み唄の存在。

そして、二十年前のシナリオに記されていた「筧真里亜」の名前。

これらの事実は、何を意味しているのだろうか。

8

二〇一七年一月某日——

筧真里亜の取材を始めてから三ヶ月ほどが経過した。

あれから取り立てて大きな進展はない。直接真里亜に会って、いろいろと話を訊くことができればと思うのだが、依然として彼女の消息は不明のままである。ルポライターの高柳経由で彼女に取材を依頼しているが、それに対する返事はまだない。「殺す理由」のプロデューサーの時澤からも、真里亜と連絡が取れたという知らせはない。例の告発ブログの投稿者からも、取材依頼に対する返信はなかった。

筧真里亜に関する取材は八方塞がりの状態というわけだ。でも諦めたくはなかった。三枝飛鳥を殺したのは本当に彼女なのか。私はどうしても、その真実を明らかにする必要があった。

だが、もう策は尽きていた。今の自分にできることは、真里亜の妹である美津紀に連絡を取ることくらいである。以前、彼女から取材を固辞するメールが届いていたので、アドレスは知っていた。私は一縷の望みをかけて、彼女にメールを送った。

筧美津紀様

ジャーナリストの江崎です。

以前、筧真里亜さんの件で、取材依頼させていただいたものです。

寒い日が続きますがいかがお過ごしですか。心身ともに疲弊されているとのことでしたが、その後体調の方はいかがでしょうか。快方に向かっていることを願うばかりです。
真里亜さんのことについて、あれから何か進展ありましたでしょうか。一日も早く、ご家族の皆様が、真里亜さんと再会できる日が来るように心より願っております。もし私にできることがありましたら、何なりとお申し付けください。微力ながら、筧様のお力になれたらと存じております。何卒、よろしくお願い申し上げます。

翌日、美津紀から返事が届いた。

江崎康一郎様
メール、拝見しました。
ご心配いただき、恐縮でございます。私の方は、おかげさまで復調しましたが、姉の沙耶香は元々身体が弱く、床に伏す日々が続いております。残念ながら、真里亜の消息は未だわかっておりません。本人からの連絡もなく、有力な手がかりもないのが現状なのです。皆様に多大なるご迷惑をおかけして、本当に申し訳ございません。真里亜と連絡が取れましたら、すぐにご報告するようにいたします。何卒、よろしくお願いいたします。

彼女はとても真摯な女性のようだ。私のような、見ず知らずのジャーナリストからのメールにも、このように丁寧に対応してくれる。しかも連絡が取れたら、報告してくれるというのだ。これは大きな進展であることに相違ない。とはいえメールによると、真里亜の消息は、その手がかりすらもわかっていない状況だという。失踪して半年ほどが経っている。

真里亜はどこに消えたのだろうか。最悪の事態が頭をよぎる。万が一のことがないのを祈るばかりだ。こうして手をこまねいていても、消息を突き止めることができないのはわかっていた。何か方策を練らなければならなかった。どうすれば、真里亜に会うことができるのか――


それから一週間が過ぎた。

私は今、都内にあるホテルのラウンジにいる。

時刻は、午後四時を回ったところだ。渋谷駅近くにあるカジュアルなシティホテルのロビーラウンジ。ほぼ満席で、宿泊客やビジネスマンなどの利用者の姿で賑わっている。

果たして待ち人は現れるのだろうか――

微かな期待を胸に抱いたまま、ほろ苦いコーヒーが入ったカップに口をつけた。

実はこの前、美津紀に返事のメールを送る際、ある相談を持ちかけた。次の内容の文章を、筧真里亜のアドレスに送ってもらえないかという依頼である。

筧真里亜様
ジャーナリストの江崎です。以前、ルポライターの高柳みき子さん経由で、取材依頼書を送らせていただきました。取材の可否はいかがでしょうか。ぜひ一度お目にかかって、お話を伺わせていただければと存じます。取材に関しては、筧様のご迷惑になるようなことは一切考えておりません。箕様のご意志を尊重させていただく所存でおります。

ご家族はじめ、友人やお仕事関係の方もとても心配しておられます。何かお困りのことなどありましたら、私にできることであれば、お力になりたいと考えています。

つきましては、一月十九日（木）の午後五時、渋谷の××ホテルのラウンジでお待ちしております。勝手に日時と場所を決めてしまい、誠に恐縮でございます。もしご都合が悪ければ、箕様のよろしき日時をお教えいただけませんでしょうか。また、どうしても取材を受けたくないということであれば、お手数かとは存じますが、下記に記した私のメールアドレスか、携帯電話にご連絡いただけると幸いです。何卒、ご検討のほど、よろしくお願い申し上げます。


我ながら、強引なメールだと思った。だがこのまま待っているだけでは、事態は一向に進展しないことも目に見えていた。荒っぽいやり方かもしれないが、わずかな可能性にかけてみることにしたのだ。美津紀に依頼のメールを送ると、それを躊躇する返信が届いた。家族ですら連絡が取れないのに、真里亜がその場所に現れるとは思えないというのである。確かにそうかもしれなかった。でも私としては、それでも意味があるのではないかと考えていた。なにより真里亜の安否が知りたかった。彼女に会えなかったとしても、断りの返事だけでも来たら、それは成果なのではないか。

なんとか美津紀を説得して、承諾を得ることができた。だが案の定、真里亜からの返信が来ることはなかった。そして、私が指定した日付の当日を迎えたのだ。

時刻はもうすぐ午後五時になろうとしていた。ラウンジにやってくる客の姿を注視する。制服姿のウエイターに案内されて席に着く白人男性の旅行客。続けて入ってくる若いカップル。アタッシュケースを手にした営業マン風の男性。真里亜らしき若い女性の姿は見当たらない。

五時を回った。一縷の望みを胸に、彼女が現れるのを待つ……。

美津紀からは、確かにメールを送信したとの連絡をもらっていた。エラーとなって返ってきたわけではないので、メールは真里亜のアドレスに届いているはずだという。

だが指定の時刻を過ぎても、待ち人が姿を見せることはなかった。いたずらに時間だけが過ぎてゆく。

十分が経ち、三十分が経ち、一時間が経過した。

六時になった。未だ彼女は姿を現さない。私は大きくため息をついた。やはり奇跡は起きなかった。予想していたとはいえ、現実を目の当たりにすると口惜しいものである。もうこれ以上ここにいても、時間の無駄かもしれない。そう思って席を立った。ラウンジを後にする。

だが私は諦めなかった。それからも何度か美津紀にメールして、真里亜のアドレスに送ってもらうよう依頼した。でも状況は同じだった。彼女がその場所に、姿を現すことはなかった。返信ももちろんない。

真里亜は今、何をしているのだろうか。どこかで一人で暮らしているのか。何か仕事はしているのか。取材を受けたくないので、私の依頼を無視し続けているのであれば、それでもよかった。しかし、もし何らかの理由で、メールすら見ることのできない状況であるとしたら、とても心配だった。そして無事ならば、どうしても真里亜に会いたかった。私には彼女に会わなければならない理由があるのだ。

その日も、私は渋谷のホテルのラウンジにいた。

ここに来るのは、もう何度目だろう。ウエイターらも、私のことを奇異に思っているに違いない。宿泊客でもなく、一人で何度も来て、何時間も居座っているのだ。

果たして今日、真里亜は現れるのか――

その可能性はゼロに等しいかもしれなかった。こんなことをするのは、これが最後なのかもしれない。さすがにこれ以上、美津紀に協力してもらうのは気が引けた。

カップを手に取り、コーヒーを一口飲んだ。ラウンジの入口に視線を送る。訪れる利用客たち。やはり真里亜らしき女性の姿はない。私は途方に暮れた。もし今日会えないとなると、取材のやり方を根本的に変えるしかなかった。でも、どうすれば接触することができるのか。新たな策は、何も浮かび上がってこない。

なぜ私がこれほどまでに、彼女と会おうとしているのか。私は真里亜宛の最新のメールに、その理由を記した。これまで誰にも話したことはなく、このルポルタージュにも書かなかったことだ。私の事情を知れば、もしかしたら彼女は取材に応じてくれるかもしれない。それが真里亜の心を動かすかどうかはわからなかった。私の小狡《こずる》い考えなど、すぐに見透かされてしまうのかもしれなかった。でも隠しておいても仕方ない。これが最後の手段なのだ。

腕時計に目をやる。デジタル表示が、もうすぐ五時になることを示していた。指定した時間である。あたりを見渡しても、それらしき女性が来る様子はない。

諦めの境地が私を支配する。視線を落として考え込んだ。この先、どうしたらいいのか。どうすれば真里亜に会えるのか。

途方に暮れていたそのときである。

「すみません。江崎さんですか」

はっとして顔を上げた。目の前に、一人の女性が立っている。

ダークブラウンのダウンジャケットにジーンズ姿の女性。セミロングの艶のある黒髪が印象的である。

一瞬何が起こったのかわからなかった。すぐに言葉が出ない。彼女が現れたのが、あまりにも意外だったからだ。自分が時間と場所を指定したのにもかかわらずである。女性も緊張しているのか、わずかに顔を強ばらせている。

慌てて立ち上がると私は言う。

「はい、そうです」

「初めまして、筧真里亜です」

そう言うと彼女は、小さく頭《こうべ》を垂れた。

9

彼女は対面の席に座った。

ダウンジャケットを脱いで、手にしていたバッグとともに傍らに置いた。ほっそりとした体軀に、ベージュのタートルネックのセーターがよく似合っている。私はメニューを差し出して、飲み物を勧めた。ウエイターを呼んで、レモンティーを注文する。

真里亜は視線を逸らして黙り込んでいた。独特の緊張感がたちこめている。私は居住まいを正して言う。

「何度もメールを送ってしまい、ご迷惑だったのではないでしょうか。誠に申し訳ございませんでした」

彼女は無言のままである。私は言葉を続ける。

「でもまさか、こうして来ていただけるとは思っていませんでした。本当にありがとうございます」

「あの……」

真里亜は呟くように言う。

「大変申し訳ないのですが、私は取材を受けるつもりはありませんので」

彼女は視線を上げて、こちらをじっと見る。

「今日ここに来たのは、はっきりとお断りするためです。もうメールを送るのをやめてもらえませんか。妹を巻き込むのも、これで終わりにしてください。お願いします」

「これは大変失礼しました。ご気分を害されたのなら謝ります。乱暴なやり方だったと反省しています。でも、どうしても私は真里亜さんにお会いして、話を伺いたかったので……。美津紀さんにも、大変申し訳ないと思っています」

私は平身低頭して謝罪の言葉を繰り返した。真里亜はまた視線を外し、硬い表情のまま黙り込んでしまった。

こうして面と向かって彼女の顔を見るのは初めてである。インターネットで画像検索しても、解像度の低い写真が数点あるのみだった。だから実際に会うと、なにやら感慨深いものがある。

　確かに噂通りの女性である。匂い立つような白い肌。凛とした一重瞼の眼差しが、どこか神秘的な感じを醸し出していた。胸の下まであったという長い黒髪は、肩の辺りで切りそろえられている。

「でも、本当にお会いすることができてよかった。とても心配していたんです。今は、どうされているんですか」

「ごめんなさい。答えたくありません。先ほども申し上げたとおり、私は取材を受けるつもりはないのです。今日は、それをお断りするつもりでここに来たのですから。ご理解ください」

「わかりました。でも、皆さん心配していますよ。突然、連絡がとれなくなったので、真里亜さんの身に何かあったのではないかと。ご家族の方だけにでも連絡して、無事であることを報せてあげたほうがいいのではないでしょうか」

「ご忠告ありがとうございます。でも、私には私の考えがありますので」

「では真里亜さんのお考えを、お聞かせ願えませんでしょうか」

「すみません。答えるつもりはありません」

「そうですか……」

　私は口を閉ざした。ウエイターがレモンティーを運んでくる。配膳を待って、私は彼女に声をかけた。

「真里亜さんには、真里亜さんの事情があることはよく理解しています。でも、メールにも書いたとおり、私にはどうしても確かめなければならないことがある。三枝飛鳥さんがなぜ、死んだのか……」

飛鳥の名前を出して反応を確かめる。真里亜はこちらに視線を向けることなく、ずっと俯いたままである。私は言葉を続ける。

「飛鳥は私のたった一人のかけがえのない存在でした。私たちは互いに慈しみあい、将来を誓い合う仲だったんです。だから、飛鳥が死んだと聞いたときは、信じられませんでした。まさか、彼女が自ら命を絶つなんて……。ずっと応援していたんです。女優として、夢に向かって頑張っている彼女のことを……。映画の主役に決まったときは、飛鳥は本当に喜んでいたのですから。だから知りたいんです。彼女に何があったのか。なぜ、飛鳥は死ななければならなかったのか……」

私は熱意を込めて、真里亜に語りかける。

「私は自分なりに、彼女が命を絶った理由を調べていました。そんなときに、真里亜さんの存在を知ったんです。あなたの名前は、飛鳥の口から何度か聞いたことがあった。オーディションで筧真里亜という女優と友達になったと。もしかしたら、あなたなら飛鳥がなぜ死んだのか、知っているのかもしれない。そう考えて、ずっと話を訊きたいと思っていたんです」

彼女は黙って、私の話に耳を傾けている。

「だから真里亜さんが失踪したという記事を見て、驚いたのです。あなたは飛鳥が自殺したあと、彼女が主演するはずだった映画の主役に抜擢されていた。高柳みき子さんが密着したルポも読みました。女優としての成功は目前だったのに、なぜ忽然と姿を消したのか……。それで、あなたのことをいろいろと調べることにしたんです」

私は真里亜をじっと見据える。

「教えてもらえませんか。三枝飛鳥に何があったのか。少なくとも、そのことに関しては、私は知る権利がある筈なんです」

そう言うと、私は答えをじっと待った。真里亜はセミロングの髪をかき上げて言う。

「もちろん、三枝飛鳥さんのことは覚えています。でも、彼女がなぜ亡くなったのかはよく知りません。私も三枝さんが自殺したと聞いてひどく驚いたのです。三枝さんに関して、お話しできることはほとんどありません。今日ははっきりと、そのことをお伝えしたいと思ってここに来たんです」

「本当ですか？」

彼女は私をじっと見て言う。

「ええ、本当です。嘘ではありません。江崎さんは私を疑っているんですか」

「いえ、そういうわけではありませんが」

「でもお話を伺っていると、まるで私が三枝さんの死に関係しているといわんばかりでしたよ」

「そういうつもりではなかったのですが……。では率直に言います。私は取材を続けていくうちに、あなたにとても興味を抱いた。筧真里亜という女性はどんな人物なのか。なぜ、主演女優に抜擢されたのに、撮影直前に姿を消したのか。もちろん私が知りたいのは、飛鳥の死についてですが、ジャーナリストして、筧真里亜という女優を取材してみたいと思ったんです。だからあなたに直接会って、どうしても話を伺いたかった」

「何度も申し上げているように、私はあなたの取材を受ける気はありません。これ以上、私にも妹にも関わらないでください。お願いします」

「私の取材では、あなたが三枝飛鳥を死に追いやったという証言も得られています」

そう言うと彼女の表情が固まった。真里亜は言う。

「そんなことあるわけないじゃないですか」

「私もそう思っています。だから知りたいんです。あなたはどんな女性なのか。あなたが飛鳥を死に追いやったのでないのならば、なぜ彼女は死ななければならなかったのか」

「やはり江崎さんは私を疑っているんですね」

「そうではありません。でも、真里亜さんを疑っている人がいるということは事実です。お願いです。私の取材を受けてくれませんか。そして、真実を証してください。自分が潔白であるということを……」

10

午後五時四十分、真里亜はラウンジを後にした。

私は今、一人席に残っている。

なんとか取材を受けてくれるよう説得を続けたが、真里亜は頑なに拒否した。別れ際に、気が変わったら連絡が欲しいと告げたが、それにも答えず、彼女は去ってしまった。

メールアドレスも携帯番号も教えてもらえなかったので、私から連絡を取る術はない。また美津紀経由でメールを送ることはできるが、真里亜からは妹を巻き込まないでほしいと釘を刺されていた。彼女に会うためには、連絡を待つしかないという状態なのだ。

やっと真里亜に会えたのだが、また振り出しに戻ったようである。でも安否を知ることができただけでも、成果があったと言えよう。彼女の身に何かあったのかもしれないと、ずっと心配していたからだ。

服装も化粧も地味で、終始表情を強ばらせていた真里亜。だが、それでも女優としてのオーラは滲み出ていた。高柳のルポを読んだときは、二十五歳という若さにしては、落ち着いた物腰の大人びた雰囲気の女性だという印象だった。だがこうして実際に本人と会うと、肌つやも瑞々しく、年齢よりも若々しい感じがした。

果たして彼女は、高柳のルポに書かれていたような、透き通った純粋な心を持つ女性なのか。それとも、私の取材で関係者が証言した、目的のためなら手段を選ばないような人間だというのか。

今日、初めて会話したわずかな時間だけでは判別できないが、それを踏まえて述べると、真里亜はとても実直で真摯な人柄ではないかと感じた。高柳のルポに書かれた彼女の描写は、決して間違いとは思わなかった。

だが、もしそれはすべて偽りで、仮面の裏に、おぞましい悪意が隠されているのだとしたら、彼女は本当に優れた演技者だといえよう。

真里亜は謎を秘めた女性である。先ほどの会話のなかで、私は改めて、「筧真里亜」という名前は本名なのかどうかを質問した。二十年前のシナリオにも、主演の欄に「筧真里亜」の名前が記されていた。もし本名ではなく芸名だとしたら、彼女の名前は二十年前の主演女優にあやかって、名付けられたのかもしれないと思ったからだ。だがやはり、真里亜は本名なのだという。これはどういうことなのだろうか。二十年のときを隔てて、奇妙な偶然の一致が起きたということなのか。

その夜早速、美津紀に今日の顚末についてメールを送った。真里亜からは、今日会ったことは誰にも言わないでほしいと警告されていたのだが、彼女だけには報せてあげたかった。

すぐに美津紀から感謝のメールが届いた。姉の無事を知ることができて、安堵したということである。長女の沙耶香も、涙ながらに喜んでいるとのことだった。そのメールを見て、ほっと胸をなで下ろした。真里亜に取材は拒否されてしまったが、私のやったことは無駄ではなかった。

真里亜がラウンジに来たのは、私と三枝飛鳥の関係を知ったからだろうか。取材に私情を挟むのは控えた方がいいと思い、ここまで飛鳥とのことは書かなかった。でもそのことが、私を突き動かす大きな原動力になっているのも事実である。これを機に、私と飛鳥の関係を記しておくことにする。

三枝飛鳥は私のかけがえのない恋人だった——

目を閉じると、記憶が蘇ってくる。初めて出会った日のこと。演技に取り組んでいるときの潑剌とした顔。微笑むと両頰に浮かぶ可愛らしいえくぼ。私をじっと見つめる眼差し……。生涯の伴侶になると思っていた女性だった。だが、もう飛鳥はこの世にはいない。

真実が知りたい。なぜ彼女は命を絶ったのか？　そして、もしその死に何者かの意思が関与しているのならば、私はそれを白日の下に晒さなければならない。

それから十日ほどが経過する。

私のアドレスに、以下のようなメールが届いた。その全文を紹介する。

江崎さま
突然のご連絡失礼いたします。

あれからいろいろと考えたのですが、結論として江崎さまのお申し出を受けることにしました。私は、自分の勝手な都合で映画を降板し、関係者の皆様に多大なるご迷惑をお掛けするという、取り返しのつかないことをしました。また家族にも行き先を告げず、多くの方々にご心配をお掛けしたことも、深く反省しております。先日はまだ考えがまとまっておりませんでしたが、これを機に、そのことについて述べさせていただければと存じております。弁明というわけではないのですが、いずれは、何らかの形でお話ししなければならないと考えていたのです。

取材の日時や場所は、江崎さまの方でご指定くださいませ。

決まりましたら、このアドレスにお送りください。

また今度の取材に関しては、他言無用ということでお願い致します。美津紀にも教えないでください。もしそれが叶わなければ、今回のご依頼はお受け致しかねますので、ご考慮いただければと存じます。

何卒、よろしくお願い申し上げます。

筧真里亜

その文面を見て、私は狐につままれたようになっていた。

まさか真里亜から、メールが来るとは思ってもいなかったからだ。だが願ってもない機会である。これでようやく、彼女に話を訊くことができるのだ。

取材の日時と場所を決めると、私は早速、真里亜のアドレスに返信した。


それから五日が経った。その日、私は四谷《よつや》にある雑居ビルの一室にいた。

築年数が相当経っていそうなビルである。外壁はリフォームされていて、さほど古さは感じないが、なかに入るとかなり年季の入った建物であることがわかる。エントランスは昭和の雰囲気が残されており、エレベーターの仕様も一昔前のものだ。その五階の一室が、貸会議室になっていた。

三十平米ほどのスペースに、十名がけのテーブルが置かれている部屋――

時刻は午後一時五十五分、約束の時間まであと五分である。私は何やら落ち着かず、席を立って、窓の外を眺めていた。今日はあいにくの天気で、空は一面どんよりとした雲に覆われている。眼下に視線を向けると、四谷の街を多くの通行人が行き交っているのが見える。

果たして本当に、真里亜は来てくれるのか。

彼女と会ってから、半月ほどが経っていた。あれからずっと考えていた。一体真里亜はどんな女性なのか。高柳のルポで描かれた彼女と、私の取材とではなぜこんなにも印象が違うのか。なぜクランクイン直前に映画を降板して失踪してしまったのか。「呪われたシナリオ」との関係は？　そして三枝飛鳥の死に、本当に彼女は関わっていないのか。もしそうだとしたら、飛鳥はなぜ死んだのか。彼女も、平山純子の呪いに取り憑かれていたというのか……。数々の疑問が脳裏に浮かび上がっている。

一時五十八分――

ノックの音がした。

心を落ち着かせて、入口へと向かう。ドアを開けると、真里亜が立っていた。グレイのハーフコートに身を包んだ彼女。緊張しているのか、相変わらず、顔を硬く強ばらせている。

「どうぞ、お待ちしておりました」

私もぎこちない笑顔で彼女を出迎える。小さく一礼すると、真里亜は部屋に足を踏み入れた。窓辺の席を勧め、その対面に私が座る。彼女はバッグを隣の椅子に置いて、コートを脱ぐと、席に着いた。黒いブラウスにブラックジーンズと、シックな装いが、端正な顔立ちを際立たせている。

「よかったらどうぞ、お飲みください」

私はコンビニで買っておいた、日本茶とミネラルウォーターのペットボトルを差し出す。か細い声で「ありがとうございます」と言うと、彼女は頭を下げた。

私は取材を受けてくれた礼を述べ、早速インタビューを始める旨を告げる。録音するとの断りを入れて、テーブルの上のICレコーダーのRECボタンを押した。

「それでは、取材を始めさせてください」

張り詰めた空気が、二人の間に漂っている。通常ならば、インタビューの前に世間話などをして緊張をほぐすのだが、どうやらそんな雰囲気ではないようだ。早速、質問を投げかけることにした。

「では、まず真里亜さんが映画を降板した理由について、お聞かせ願えますか？」

「ええ……」

神妙な顔で、彼女が口を開いた。

「まずは、ご迷惑をおかけした方々には大変申し訳なく思っています。本来ならば、皆様に直接会って、きちんと謝罪するべきなのですが、自分が起こした事の重大さを思うと、合わせる顔がありません。だからこうして、今はすべてから逃げるようにして生きているというわけなのです」

真里亜の言葉は続く。

「率直に申し上げると、降板の理由は、身の程を思い知らされたからです。結局私の実力では、あの役を演じきることは無理でした。そのことに、やっと気がついたのです。もちろん、オーディションに合格して選ばれたときは、演じきる自信はありました。でもシナリオを読んで、役作りをしていくうちに、徐々にその自信は喪失していきました。役柄の心情を考えれば考えるほど、主人公の存在が、私から遠ざかっていくような気がしたのです。どうやったら彼女の感情を理解することができるのか。それを必死に模索しました。映画のモデルになった平山純子の事件を調べたら、近づけるかもしれない。そう思って、事件の資料を読んで、自分なりに調べました。でもだめでした。その辺りの経緯は、高柳さんのルポに書かれているとおりです」

「ルポには、真里亜さんのなかにいる『平山純子』に、あざ笑うかのように罵られたという記述がありましたね。『あなたになんか何が分かるの。あなたに私を演じる資格なんかない』と」

「ええ、その通りです。その後も、なんとかあの役を演じようと苦悩しました。監督や高柳さんにも励まされて、主人公の感情を理解しようと葛藤し続けました」

「自殺未遂騒ぎもありましたね」

「あのときは本当に追い込まれていました。ただ、〝吉川凜子〟という役柄から逃げ出したいという一心で、気がついたらあんな恐ろしいことを……」

「でも高柳さんのルポでは、最後は葛藤を乗り越えたようでした。『深く思い悩んだり、苦しんだりしたことも、撮影に入れば、それは自分の大きな糧になるのではないか』と、とても前向きな発言をされています。あの後、何があったんですか？」

「ええ……確かにあのときはそう思っていました。でもクランクインが近づくにつれて、またその気持ちが揺らいできました。このまま撮影に入って、大丈夫なのだろうか。役の感情が分からないまま、演じきることなどできるのか。本当に私が演じていいのか。自分にその資格はあるのだろうか……。きっと答えなんかなかったのかもしれません。平山純子は、突如訪れた衝動で人を殺し続けたと供述しています。だったら、私も同じように演じればよかったのです。今なら、そう思うことができます。でも、その時は理解できなかった。映画の主役をやるのは、私の一つの目標でした。だからどうしても、この役を演じたかった。でもその一方で、もう自分を騙し続けるのは限界かもしれないとも感じていました。撮影が始まったら、私はどうなるのか。カメラの前で彼女を演じたら、もしかしたら私は崩壊してしまうかもしれない……。そう思うと、途端に恐ろしくなって」

思いつめたような顔で真里亜は語り続ける。私はじっと、彼女の言葉に耳を傾けていた。

「だから、逃げ出すことにしたんです。その行為が、何を意味しているかは、よく分かっていました。でもこれ以上続けると、自分がどうなるか分からない。それで、プロデューサーの時澤さんにメールして、降板の意志を告げたんです」

切々と真里亜は語り続ける。

「それからアパートを引き払い、東京を離れました。もう誰にも会いたくありませんでした。違う自分に生まれ変わりたかったんです……。でも結局は、それも無理でした。どこにいても、あのシナリオのことが頭から離れなかった。どんなに忘れようとしても、主人公の台詞が蘇ってくるんです。そうなんです。私は台詞を一字一句覚えています。記憶の底から消し去ろうとしても、シナリオの台詞が頭から消えないのです。私は今、途方に暮れています。この先、自分はどうしたらいいのか。私の行為は正しかったのかどうか。あのシナリオから逃げ出すにはどうすればいいのか……」

そう言うと彼女は、唇を噛みしめた。話を聞いて、私もいたたまれない気持ちになった。映画を降板しても尚、真里亜の心には「呪われたシナリオ」が巣くっているというのである。ある意味これも、平山純子の呪いといえよう。

だが今の言葉がすべて、彼女の本心かどうかはまだわからない。もしかしたら彼女は純真無垢な〝聖女〟の仮面をかぶった、〝悪女〟なのかもしれないのだ。

11

「いろいろとお話しいただき、ありがとうございます。降板された後も、ずっと苦しんでおられたのですね。私は俳優ではないので、こんなことを言う資格があるのかどうか分かりませんが、お話を伺って、切実な心情であることは理解できました。お気持ちはお察しします。それでは質問を変えます。真里亜さんは高柳さんのルポのなかで、女優として頑張るのは、お姉さんや妹さん、そして亡くなったお母さんのためだと仰っていました。そのことについて、もう少しくわしく教えていただけませんでしょうか」

「わかりました」

「まずは、お姉さんの沙耶香さんはどんな方ですか？」

「ええ……姉は幼いころから身体が弱かったんです。自律神経に不調があって、突然めまいを起こしたり、意識を失って倒れてしまうことがありました。そのために情緒が不安定なこともあって、ずっと家に引き籠っていたんです。

だから彼女は、世間ずれしていないというか、とても純粋な感性を持っています。妹の私が言うのもなんですが、顔立ちは人形のように整っていて、肌も白くて透き通るようなんです。幼いころから私は姉に憧れており、美しい彼女の顔を、うっとりしてずっと眺めていたほどでした。それに心優しくて、人間性の豊かな魅力ある女性なんです。女優をやるなら、絶対に姉の方が相応しいと思っていました。でも彼女は身体のことがあるので、その夢を私に託したんです。私が女優になって成功することは、姉がずっと待ち望んでいたことでした」

「なるほど、そうですか。それでは、妹の美津紀さんは、どういった女性ですか」

「美津紀にはとても苦労をかけたと思っています。母が亡くなってからは、私たちは親戚の家を転々とする生活を送っていました。そんななかでも妹は、沙耶香の面倒を見たり、アルバイトを掛け持ちしたりして、私たちを支えてくれました。姉の病気のこともあり、本当は私がその役目を果たさなければならないのですが、私の仕事に理解を示してくれて、いつも応援してくれていました。家のことは心配いらないから、お姉ちゃんは夢に向かって頑張って欲しいって。彼女はとても勉強家で、大学に行きたかったかもしれませんが、我が家の経済状況がそれを許してくれませんでした。でも泣き言一つ言わず、ひたむきに頑張ってくれました。私も悩みがあったりしたら、美津紀に相談してアドバイスをもらいました」

「平山純子の事件を調べたときも、美津紀さんが手伝ってくれたんでしたね」

「そうです。彼女はあの事件に詳しく、正確に理解していましたので、とても頼りになりました」

「そういえば、平山純子の事件が起きる五十年ほど前に、彼女の地元の栃木の村で、惨殺事件があったのはご存じでしたか。麻生きく江という主婦が、村人を次々と殺害していったという事件です」

「ええ……知っていました。妹に教えてもらいました」

「それでは、その土地に伝わる悪女伝承についてはご存じですか？」

「ええ、悪女が村人の男を誑《たぶら》かし、次々と殺害する恐ろしい伝承ですよね」

「そうです。その悪女伝承と、麻生きく江と平山純子の事件がよく似ているんです。このことについては、どう思われますか」

「確かにそうですね……よく似ています」

そう言うと真里亜は黙り込んだ。慌てて私は言う。

「ごめんなさい。いきなりオカルトめいた話をして。私も平山純子の事件を調べていくうちに、麻生きく江の事件と悪女伝承にたどり着き、なにか因縁めいたものがあると思ってしまったんです。現実離れした質問をして失礼しました」

「いえ……でも、もしかしたらあるかもしれませんね。科学では解明できない、不思議なことが」

意外な答えに、私は身を乗り出した。

「では真里亜さんは、悪女伝承の呪いが、平山純子の事件に関係しているのではないかとお考えなのですか？」

「平山純子のことを調べていて、ふとそんなことを考えていたこともありました。……でもまさか、そんなはずはありませんよね」

彼女は私から視線を外すと、また口を閉ざした。

「それではもう一つ訊かせてください。亡くなられたお母様のことです。お母様は、どんな方だったんですか？」

「母ですか……。母はとてもひたむきな性格の女性でした。苦労ばかりかけて、申し訳ない気持ちでいっぱいです。女手一つで育ててくれて、感謝してもしきれません。小学生のころに、私が演技の道に進みたいと言ったときも、母は反対しませんでした。家計に余裕があったわけじゃないのに……。だから亡くなったと聞いたときは、すぐには信じられませんでした。母が死ぬわけなんかない……。でもそれは現実でした。それを知ったとき、涙が止まりませんでした。子供ながらに、運命というのは残酷なものだと思いました」

「お母様は、なぜ亡くなられたのですか」

「交通事故でした。美津紀と買い物に出掛けているときに、トラックに轢かれて命を落としたんです……。子供のときはそう聞いていました」

「子供のときは？」

「ええ、大人になって、親戚の一人からこんな話を聞かされたんです。母は自殺した可能性があるって。母は父と別れて、生活に苦労していました。だからそれを理由に、走っているトラックに身を投げたのではないかと。でも、それも推測なんだそうです。一緒にいた美津紀も、そのときは母とはぐれていて、亡くなるところは見ていなかったと言っています。だから、本当かどうか分かりません」

「お母様が亡くなられたのは、いつごろなんですか？」

「私が小学校五年生のときですから、今から十五年ほど前のことです」

「そうですか。ありがとうございます。それでは、お父様はどんな方だったんですか」

私がそう言うと、真里亜の顔が曇った。

「父のことはよく覚えていません。私が幼いころに離婚して、家を出て行ったので」

「その後、お父様と会ったことはありますか」

「いいえ、一度もありません」

「今は何をされているんでしょう？」

「詳しくは知りません。風の便りで、実業家として成功を収めたと聞いていますが、それ以外は……」

「なぜ離婚したのか、ご存じですか？」

「さあ、よくわかりません。これは聞いた話ですが、父は随分身勝手な人だったそうです。母は、父のことは何も言わなかったけど、私たちは彼に対して嫌悪感がありました。母が命を落としたのも、生活に困窮したのも、もとはと言えば父の所為でした。彼が私たちを捨てて家を出なければ、こんなことにはならなかったのです。だから今でも私は、彼のことを憎んでいます」

そう言うと真里亜は黙り込んだ。

会議室は静寂に包まれた。彼女は俯いたまま、テーブルの上をじっと見つめている。

「なるほど、貴重なお話を聞かせていただき、ありがとうございました。それでは質問を変えます。この前も申し上げたとおり、私が一番知りたいのは三枝飛鳥のことです。飛鳥がなぜ、自ら命を絶ったのか。私なりに、その真実について知りたいとずっと思っていました。そんななかで、私は彼女が亡くなる前に交流があったという真里亜さんの存在を知り、取材を始めました。高柳さんのルポでは、あなたは『透き通るような純粋な心の持ち主』であり、『聖女という言葉が相応しい女性』と描写されています。私は実際に、高柳さんに会って話を伺いました。彼女は、それは決して誇張や大袈裟な表現ではなく、本当にそう感じたと仰っていました」

私は一旦言葉を切って、真里亜の様子を窺う。彼女は彫刻のように微動だにせず、私の話に耳を傾けている。

「でもその一方で、私の取材ではちょっと違う証言が得られています。大きく戸惑いました。一体何が真実なのか。筧真里亜という人間はどういう人物なのか。それで、直接あなたに会って、確かめてみたいと思ったのです」

しばらく閉ざされていた、真里亜の口が動いた。

「私は聖女なんかじゃありませんし、心も透き通ってなんかいません。高柳さんは私を買いかぶっているんです。でも、違う証言とは気になります。江崎さんが取材された方々は、なんと仰っていたのですか」

「ご本人の前では、ちょっと申し上げにくいことです」

「大丈夫です。教えていただけませんか」

穏やかな声で彼女は言う。

「いえ、やはりここではちょっと……」

「お話しください。いずれルポに書かれるんでしょう」

「それはそうなのですが……。真里亜さんには、お心当たりはありませんか」

「いいえ、ありません。話してもらえませんか」

懇願するかのような眼差しで、真里亜はこちらを見ている。仕方なく、私は言う。

「わかりました。ではお話ししましょう。どうか、お気を悪くされないでください。これはすべて、私が直接会って取材した方の話です。まずある方は、筧真里亜という女優は、とても上昇志向が強く、人を見て態度を変える女性だという評判があったと仰っていました。監督やプロデューサーなど、立場が強い人の前では礼儀正しくて慎み深いのだけど、助監督やメイク助手などのスタッフの前では、横柄な態度を取ることがあったというのです」

黙り込んだまま、彼女は私の話を聞いている。

「共演者にマウントをとり、精神的に追い詰めたという話も聞きました。その方はそれがトラウマになって、芸能界を引退したということなんです。また、あなたは目的のためなら手段を選ばない女性であると証言された方もいます」

「目的のためなら手段を選ばない……。それはどういうことでしょうか」

「これは誠に申し上げにくいのですが、あなたが女優として売れるために、女性としての武器を使っているというんです。『女であるということが武器になるのであれば、それを使わない手はない』と、あなたが友人に話していたという証言も得られています」

「なるほど、そういうことなのですね。わかりました。どうぞ話を続けてください」

「それと、インターネットのブログにこんな記述がありました。ブログには、執筆者の友人である、死亡した若手女優のことが書かれていました。一昨年、その若手女優は、陸橋から飛び降りて、自ら命を絶ったということです。死亡する前、その女優は映画のオーディションに合格し、主役に選ばれたばかりでした。ブログの執筆者は、オーディションで知り合ったAという女優が、演技に悩む彼女を精神的に追い詰めて、死亡させたと断言しています。ブログの記述によると、女優Aはオーディションで負けたことを逆恨みして、親身になっているふりをして友人に近づき、トラウマを与え続けました。友人の精神状態はどんどん悪化してゆき、その結果、自殺したというんです。

ブログには、実名が出て来ませんが、友人の女優が死亡したのは、二〇一五年の六月九日だと書かれていました。飛鳥が亡くなったのも同じ日です。ブログの執筆者の友人は三枝飛鳥であり、女優Aというのは真里亜さんではないかという推測が成り立ちます。そのブログには、女優Aは一年後に行われた同じ映画のオーディションを受けて、今度は主役に選ばれたという記述もあります」

真里亜の様子を窺う。視線を落として、口を固く閉ざしたままである。

会議室に、気まずい空気が漂っている。私は慎重に、言葉を選びながら話を続ける。

「大変失礼しました。以上が、私の取材で得られたあなたに関する証言です。ご気分を悪くされたでしょうが、ご容赦ください。人間には色んな面があります。純真無垢な聖女なのか。そうではないのか。二つの側面だけで、人を決めつけることはナンセンスの極みであることは十分に理解しております。ただし、それにしても高柳さんの取材と、私の取材ではあなたの印象が違いすぎました。これは一体どういうことなのか。私は大いに悩みました。確かに、こうして面と向かって話していても、とてもあなたがそんな恐ろしい女性とは思えません。でも、本当にあなたが飛鳥の死に関係しているのだとしたら、見過ごすわけにはいかないのです。私は、どうしても真実が知りたかった。そして、もしそうだとしたら、あなたに懺悔して欲しかった。飛鳥は、たった一人の、私にとってかけがえのない人だから」

私は思いの丈を語ると、対面にいる真里亜に視線を向けた。

すると――

彼女が顔を上げる。薄紅色のリップを引いた、果実のように瑞々しい唇が動いた。

「取材の内容を教えていただき、感謝します。いろいろとよく分かりました。ありがとうございます。それに、江崎さんは恋人を亡くされて、苦しまれているのですね。お気持ちはお察しします。それではお話ししましょう。今まで私が隠していたことを。いずれは誰かに、打ち明けねばならないと考えていましたので……」

　そして真里亜は、隠された真実を語り出した。

〜〜〜

〜〜〜

以上が筧真里亜という女優を取材した、三つのルポルタージュの全文です。

江崎氏が筧真里亜について取材した二つのルポは、当時、私が編集部員として所属していた月刊誌に掲載される予定でした。

企画自体は、江崎氏によって持ち込まれたものであり、私は以前から彼のライターとしての手腕を高く評価していました。江崎氏から話を聞き、彼の恋人の死に関与しているかもしれない筧真里亜という女優に、私も強い興味を抱いたのです。

オーディションで主演に選ばれたにもかかわらず、クランクインの寸前に謎の失踪を遂げた筧真里亜。演じようとするものを必ず不幸にする「呪われたシナリオ」。シナリオのモデルとなった、実在の連続殺人犯である平山純子との関係。もし筧真里亜の消息が分かり、独占インタビューを取ることができれば、話題になると思いました。

すぐに編集会議で、この企画を提案しました。しかし、ほかの編集部員らの反応は決して芳しいものではありませんでした。筧真里亜という女優が一般的に知られている存在ではないので、記事として弱いのではないかというのです。でもこの企画には、失踪した女優に対するミステリアスな興味と、ドキュメンタリーとしての独自性があります。私は熱心に彼らを説き伏せて、なんとか企画を成立させました。

江崎氏が取材を開始したのは二〇一六年十月三日のことです。それから、彼とは定期的に連絡を取り合い、取材の進捗状況の報告などを受けていました。ルポの原稿は、三回に分けてメールで送られてきました。最初が二〇一六年十一月六日、二度目が同年十二月二十一日、三度目が二

○一七年二月十日です。とくに三度目に送られてきた、筧真里亜との取材内容が記されたルポは興味深いものでした。あらかじめ江崎氏から、失踪していた彼女と会うことが出来たと連絡を受けていたので、とても期待していたのです。

だが前掲のように、原稿はインタビューの途中で終わっていました。そしてそれを最後に、江崎氏からの連絡は途絶えてしまったのです。私の方から、ルポの感想や、今後の取材方針などを相談したいという旨を記したメールを送信しましたが、返信はありません。携帯にも何度か電話しましたが、つながりませんでした。

彼はどうしてしまったのか。江崎氏は生真面目な性格で、取材を途中で投げ出すような人間ではないはずです。何か連絡が取れない事情があるのでしょうか。本企画は、私が半ば強引に通したものなので、なんとか掲載したいと思っていました。それに、なにより続きが気になります。原稿は中途半端なところで途切れていました。真里亜は、純粋で慈悲深い女性なのか、それとも、目的のためなら手段を選ばない自己中心的な性格なのか。その答えがどうしても知りたかったのです。

最後の原稿が送られてきてから三ヶ月後の二〇一七年五月十五日、江崎氏からこんなメールが送られてきました。

ご連絡遅くなって申し訳ございません。

誠に勝手ながら、諸般の事情により、取材を打ち切ることにしました。私としては、苦渋の決断でした。今回の企画にご賛同いただき、ご尽力を賜りましたこと、感謝の念に堪えません。

本来ならば、お目にかかって事情をお話しするべきですが、メールにての非礼をお許しください。

そこには取材中止の理由や経緯など、具体的な内容は記されていませんでした。もちろんすぐにメールを送りましたが、やはり返信はなく、携帯もつながりません。江崎氏のことを知る仕事仲間にも聞いてみましたが、彼とは連絡が取れなくなってしまったというのです。

なぜ江崎氏は、取材を中止したのでしょう。何かこちらに落ち度があり、つむじを曲げてしまったのでしょうか。でもメールには「苦渋の決断」とあるので、どうやらそうではなさそうです。何かやむを得ない事情があったに違いありません。もしかしたら、ほかの出版社から、記事をもっと高く買うという申し出があったのではないかとも思いました。うちの雑誌を見限り、そちらに乗り換えたのではないかと。

でも、私は江崎氏がそんなことをする人物には思えませんでした。彼は原稿料などにあまり執着はなく、自分が取材したいテーマが決まれば、ギャラを度外視してまで、仕事に熱中するような性格でした。それに「筧真里亜」という無名の女優のノンフィクションが、ほかの出版社が触手を伸ばす題材だとも思えません。

結局、筧真里亜の記事は、月刊誌に掲載されることはありませんでした。私の手元にあるのは、インタビューが途中までの中途半端なものでしたし、何よりライター本人が取材の中断を告げているので致し方なかったのです。彼を説得しようにも、連絡が取れなくなっているのが決定的でした。

その年、私は雑誌の編集部から、出版部に異動を命じられました。出版部とは、おもに小説やノンフィクションなどの書籍を企画し編集する部署です。

異動しても、江崎氏の原稿のことを忘れたわけではありませんでした。仕事の合間に、インターネットで「筧真里亜」の名前を検索したり、江崎氏がSNSなどに書き込みをしていないか調べたりしていました。また原稿を何度か読み返し、自分なりに気になった部分を書き出し、記録しておきました。以下はその疑問点になります。

・筧真里亜は、高柳氏のルポに書かれているような、純粋な心を持つ聖女のごとき女性なのか。それとも江崎氏の原稿にあるような、目的のためなら手段を選ばない悪女なのか。
・真里亜は三枝飛鳥の死に関与しているのか?
・彼女が男性との経験がないというのは真実なのか? それとも、そうではないのか?
・なぜ映画の主演に決まった女優に、次々と不幸が訪れるのか?
・平山純子と「呪われたシナリオ」の因果関係は?
・平山純子の事件と、彼女の出身地である栃木県Y市で起きた麻生きく江事件の詳細が、酷似しているのはなぜなのか。そして、その地に古来より伝わるという「悪女伝承」との関連は?
・麻生きく江が口ずさんでいた童謡は、伝承にある忌み唄なのか?
・なぜ二十年前に主演する予定だった女優の名前も「筧真里亜」だったのか?
・インタビューのなかで、筧真里亜が最後に打ち明けようとしていた「今まで私が隠していたこと」とは一体なんなのか?

・江崎氏は真里亜のインタビューが取れたにもかかわらず、なぜ「苦渋の決断」で取材を打ち切ったのか？

筧真里亜という女優に関する数々の疑問――

でも、取材した江崎氏に連絡が取れなくなった今、それらの疑問を解消する術はありませんでした。

それから一年後のことです。

私はまた、思いもよらぬところで、筧真里亜の名前を目にしました。それはインターネットのニュースサイトを見ているときのことです。ある映画が制作されるという芸能ニュースが、私の目に留まりました。それは、某有名作家のベストセラー小説の映画化で、発表されたキャストのなかに、筧真里亜の名前があったのです。

主役ではなかったのですが、有名俳優が名を連ねるなかで、堂々と彼女の名前が記されていました。出演者の並びから察すると、端役などではなく、主要なキャストの一人のようです。さらに、改めて彼女の名前で検索してみると、タレント事務所に所属していることもわかりました。その事務所のオフィシャルサイトを見ると、確かに彼女を紹介するページがあったのです。

その事務所は、原稿のなかにも名前が出ていたあのＧＭグループでした。ＧＭグループは、業界でも大手とされる芸能事務所で、俳優だけではなく、アーチストや芸人など数多くの人気タレントが所属しています。グループの会長の蒲生満氏は、芸能界の実力者の一人で、テレビ局や代理店などのマスコミ各社はもとより、政財界にも強い影響力を持つ人物として知られています。筧真里亜は、女優部門の欄に掲載されており、彼女の名前をクリックすると、写真入りのページが開きました。

艶やかなメイクを施し、魅力的な微笑みを向ける真里亜――

なるほど、やはり美しい女性だと思いました。それにしても、あのGMグループに所属するとは驚きました。いつから所属しているのかはわかりませんが、女優として成功の架け橋にたどり着いたと言っても過言ではないのでしょう。ベストセラー小説を原作とする映画に、主要な出演者の一人としてキャスティングされたことが、それを証明しています。

そういえば、江崎氏が取材した原稿のなかで、筧真里亜が主演する予定だった「殺す理由」は、GMグループが出資していたという記述がありました。出資者は真里亜のことを高く評価していたということです。映画自体は制作されませんでしたが、その後彼女はまたGMグループと接触し、女優として所属することができたということでしょうか?

これを機に、私のなかで、お蔵入りになっていた筧真里亜のルポルタージュに対する情熱が再燃しました。私はもう雑誌の編集部員ではないため、記事にすることはできません。でも、出版部に所属していたので、書籍として刊行することは可能なのです。一冊の本として分量が足りなければ、高柳氏のルポと併せて収録すればいいのです。江崎氏の取材と対比させれば、彼女に関する疑問点は明確となります。尻切れトンボのようになっている原稿は、私が取材して加筆することにしました。企画を出した当初は、筧真里亜は「一般的に知られている存在ではないので、記事として弱い」との指摘がありましたが、それも解消されました。彼女がGMグループに所属したことにより、そのときよりも報道価値は上がっているはずだからです。

早速、事務所のオフィシャルサイトを開き、問い合わせフォームに筧真里亜の取材を依頼する文面を書き込みました。依頼内容は「過去に弊社の雑誌で彼女を取材した記事を掲載する予定だったこと」「それをもとにした筧真里亜に関するルポルタージュの刊行を企画していること」「それを補足する形で彼女のインタビューを希望していること」などです。

すると三日後、筧真里亜のマネージャーと称する人物から、次のようなメールが届きました。


お世話になっております。

ご連絡ありがとうございます。

ご依頼の件ですが、筧本人に確認したところ、確かに以前、当該の取材を受けたとのことでした。その節は大変お世話になりました。折角の有り難いお申し出ですが、筧本人とも協議を重ねた上で、今回は取材の方を辞退させていただければということに相成りました。ご協力することが叶わず、誠に申し訳ございません。

今後とも、筧真里亜を応援していただけると幸いです。

何卒、よろしくお願い申し上げます。


そのメールを目にして私は落胆しました。しかし、事務所や本人が取材を固辞することは、半ば想定していたことでもあります。原稿のなかで江崎氏は「目的のためなら手段を選ばない悪女ではないか」「三枝飛鳥の死に関与しているのではないか」などと真里亜を疑い、追及していました。真偽のほどはさておき、そんな取材に協力したくないのは、無理もないことでしょう。筧真里亜のインタビューに関しては、諦めるしかないようです。追加取材は、別の方法を考えなければなりませんでした。

でもそのあと、事態はさらに悪い方向へと動いていきます。私は出版部の上司に呼び出され、筧真里亜に関する取材を、すぐに中止するように命じられたのです。タレントとは言え、プライバシーへの配慮に欠けた行動は慎むようにとのことでした。

ＧＭグループからの横やりが入ったに違いありません。あの事務所は、大勢の有名タレントを抱えているので、会社はトラブルになることは極力避けたいのです。今回の件でもめごとが大きくなり、雑誌や書籍などの刊行物に所属タレントを出さないと言われたら、出版社としては大きな痛手となります。触らぬ神に祟りなしというわけです。私はなんとか食い下がりましたが、上司が訴えを聞き入れることはありませんでした。結局、ルポは事実上、出版禁止となってしまったのです。

こうして、筧真里亜に関するルポルタージュ出版の道は、完全に閉ざされてしまいました。ここまでの原稿があるのに、世に出すことが叶わないとは、無念でなりません。でも当時、私は会社員でした。指示に従うしかありませんでした。もしかしたら、江崎氏が取材の中断を申し出たのも、ＧＭグループからの何らかの圧力があったからなのでしょうか。だから彼は、メールに「苦渋の決断」と書き記したのです。でも、それは飽くまでも私の想像でした。江崎氏と連絡が取れなくなっているので、確かめようがなかったのです。

個人的にはとても興味のある原稿でした。

筧真里亜という一人の女優に迫った、人物ルポルタージュという側面。

謎に満ちた彼女に潜む光と闇。

そしてその背後に存在する、まことしやかなオカルティズム。

彼女が演じる予定だった映画の「呪われたシナリオ」と、モデルとなった実在の事件との関係。

理由なき連続殺人鬼、平山純子と麻生きく江の奇妙な共通点。そして、二人の出身地に残された伝承……。

できることなら、私自身が続きを取材したいと思っていました。でも、それは禁じられてしまったのです。

以降、私は筧真里亜のことを封印し、一社員として出版社の業務に従事していました。それから三年ほどが経ったある日のことです。

二〇二一年五月十九日——

新型コロナウイルスが、世界中で猛威を振るっていた最中の出来事でした。私は、在宅勤務で自宅におり、今度出版する本の原稿チェックに勤しんでいました。

スマートフォンのバイブレーションが、短く振動しました。画面を見ると、一通のメールが届いたことを報せるアイコンが表示されています。送信者の名前を見て、私は息を飲みました。送信者は、連絡が取れなくなっていた江崎氏だったからです。あわててメールを開きました。

でもそこには、何も書かれていませんでした。件名にも本文にも文字はなく、ただ一つのファイルが添付されていただけだったのです。

不審に思いながら、ファイルを開きました。それは原稿のデータでした。どうやら途中で終わっていた真里亜のインタビューの続きのようです。

江崎氏が取材の中止を知らせるメールを送ってきてから、四年の月日が流れていました。

以下は、その原稿を採録したものです。


「それでは、どこからお話しすればよろしいでしょうか」

そう言うと真里亜は、セミロングの髪をかき上げた。

涼しげな眼差しで、私を見ている。どこかおかしい。先ほどまでと何かが変わっている。何が違うのだろうか。彼女を凝視するが、よく分からない。すると、私の答えを待たずに、真里亜が口を開く。

「まずは、先ほど江崎さんが述べられた、筧真里亜に対する数々の悪評。それは事実なのでしょう。そのころ彼女は、女優として何としても成功しなければと考えていました。それが姉妹たちの夢であり、希望でもあったのですから」

落ち着いた声で彼女は言う。

私は、真里亜が怒り出すかもしれないと思っていたので意外だった。なぜなら、自分は先ほど彼女に対し、個人の尊厳を損ねるかのような発言をしたからだ。だが、怒り出すどころか、不機嫌な表情を浮かべることすらなかった。不気味なほどに冷静なままである。真里亜の感情が読み取れない。

ふと彼女の背後に見える、窓の外に目をやった。日は陰り、空は薄暗くなっていた。今日は天気が悪いので、暮れるのが早い。真里亜は言葉を続ける。

「実は、これはあまり話したことはないのですが、彼女たちの母も女優だったんです。母が女優をやっていた影響で、演技の仕事を始めるようになりました」

「そうだったんですか」

「離婚した父親も、映画関係者だったそうです。プロデューサーのようなことをやっていたと聞いています。結婚してからも、真里亜の母は女優の仕事を続けていたようです。実は、彼女は映画の主役に抜擢されたこともあるんです。でも、その映画はクランクイン直前に中止となってしまいました……」

思わず私は言う。

「え？　では、真里亜さんのお母さんが……」

「そうなんです。実は二十年前『殺す理由』が最初に映画化されたときに、主役を演じる予定だったのは、母だったんです。でも映画の制作は中止されました。事件の被害者の遺族からクレームがあったそうです」

「その話は、脚本を書かれた矢作さんに伺いました。ということは、あなたのお母さんは、『筧真里亜』という名前だったんですか」

「ええ、彼女は『筧真里亜』という名前で女優として活動していました。真里亜の名前は、母の芸名にあやかり、名付けられたそうです」

その言葉を聞いて、一つの疑問は解決した。二十年前のシナリオの主演女優が「筧真里亜」だったという疑問である。矢作は、主演する予定だった女優は、映画が中止になった数年後に、事故で亡くなったと話していた。真里亜の母も、十五年前に交通事故で命を落としている。映画制作が中止になったのが一九九七年で、彼女の母が亡くなったのが二〇〇二年である。その時期は一致していた。

「だから、真里亜は子供のころに『殺す理由』の台本を目にしていたんです。妹の美津紀も、母の机の抽斗から台本を取り出しては、食い入るように読んでいました……。離婚した後も、母は女優として復帰する夢を諦めていなかったのでしょう。でも、女手一つで子供たち三人を育てていくには、それはままならなかった。だから、その夢を私たちに託したんだと思います」

「なるほど、そうだったんですね」

「女優として成功することは、亡き母の夢でもありました。彼女は絶対にその夢を叶えたかったのです。女優として大成して、自分たちを捨てた父を見返してやりたかった。でも、それは容易《たやす》いものではありません。どんなにきれいでも、どんなに演技が上手くても、どんなに努力しても、売れない人は売れないのです。一体どうしたら、女優として認められるようになるのか。そのために彼女は何でもしたといいます。監督やプロデューサーに、媚びへつらうようなこともしました。立場の弱いものには、歯牙にもかけないような態度も取りました。それの何がいけないのでしょうか。生き馬の目を抜くこの世界。普通にやっていたら絶対に負けてしまうのです。彼女はずっと、そう考えていました……」

淡々と語りつづける真里亜。やはり何かおかしい。さっきから彼女の話を聞いて、どこか違和感を覚えている。でもその違和感がなんなのか、分からない。さらに真里亜は言う。

「共演者を精神的に追い込んだのも事実です。ライバルはなるべく少ない方がいい。友好的な態度で近づき、助言を与えるふりをして、自信を喪失させました。トラウマを与え続け、感情を操作しました。真里亜のせいで、引退に追い込まれたのは、一人や二人ではないのでしょう」

「では、噂は本当なのですか。女優として売れるため、女性としての武器を使っていたということは？」

「枕営業のことですね」

彼女は平然とした顔で答える。

「江崎さんの取材の通りです。もちろんやっていました。自分のなかでこれは、夢を叶えるための一つの手段であるからと割り切って、恋愛感情のない男性とも交際したそうです。常に誰に身体を与えればメリットがあるかを考え、行動していました」

「では……」

そう言うと私は、一旦言葉を飲み込んだ。そして思い切って言う。

「高柳さんのルポのなかで、東城呉葉という霊能者に『男性経験がない』と指摘されて、あなたもそのことを肯定されています。それは嘘だったということなんですね」

彼女は黙り込んだ。その質問には答えず、なにかを考えている。

気分を害したのだろうか。どうやらそうではないようだ。何か逡巡しているような表情を浮かべている。

するとと真里亜が口を開いた。

「とにかく、彼女はどんな手段を使ってでも、女優として売れなければならないと思っていました。そんなときに『殺す理由』の主演オーディションのことを知りました。この映画は、先ほども述べたとおり、母が主演するはずの映画でした。何としてでも、彼女は勝ち抜き、主役の座を射止めたかった。母のためにも、沙耶香と美津紀のためにも……」

感情を押し殺した声で、彼女は話し続ける。

「オーディションは順調でした。ほかの参加者を見ても、正直自分の方が勝っていると感じました。演技力や女優としての感性も、彼女らに劣るところは何もないという自負があったといいます。事実、真里亜は一次、二次、三次となんなく通過し、最終審査にまで残りました。そして彼女以外にもう一人、審査に残ったのが三枝飛鳥でした」

三枝飛鳥……。

真里亜の口から、彼女の名前が出た。思わず身を強ばらせる。

「飛鳥はとても魅力的な女優でした。ほかのオーディションに落ちた女性たちと比べても、あらゆる面で秀でていたことは間違いないのでしょう。彼女は演技力もあり、いるだけで周囲を明るくするような華やかさがありました。それは誰にも真似できない、女優としての天性の才能なのだと思います。でもこの役は彼女よりも、自分の方が相応しいという自負が真里亜にはありました。確かに華やかさはあるのですが、飛鳥の演技からは、演じる人間の奥深さや、感情の陰影のようなものが感じられなかったのです。だから絶対に選ばれるのは自分だと信じていたといいます」

真里亜は一旦言葉を切った。そしてこう言った。

「でも、結果はご存じの通りです。選ばれたのは飛鳥でした。彼女はそのときの感情を、どう言い表したらいいのか分かりませんでした。オーディションに落とされた怒りと敗北感。飛鳥に対する嫉妬と羨望。自分ではなく、彼女を選んだ監督やプロデューサーたちへの不信感。真里亜は思い知らされました。結局自分も、消えていったその他大勢の女優たちと変わりなかったのです。でも、絶対にその事実を認めたくはありませんでした。どうしてもあの役を演じたかった。だって、もともとこのシナリオは、彼女の母が演じる予定だったのですから……」

そのときわたしはやっと、真里亜に対する違和感の正体に気がついた。彼女は自分の話を、やけに客観的に、まるで他人事のように話しているのだ。なぜそんな話し方をするのだろうか。理由が分からぬまま、真里亜の話に耳を傾ける。

「だから彼女は飛鳥に近づき、精神的に追い込むことにしました。飛鳥が自信を失い、映画を降板すれば、主役の座は、次点である自分に回ってくるかもしれないと思ったからです。真里亜は、飛鳥に『祝福したい』と言って連絡しました。オーディションの途中から、彼女に頻繁に話しかけ、連絡先を交換するなどの関係を築いていました。それは直感的に、飛鳥がライバルになるだろうという予感があったからでした。そこから先は、江崎さんが指摘したとおりです。彼女は『主人公の感情が分からない』と悩む飛鳥に、親身になっているふりをしました。台本の読み合わせに付き合い、助言と称して、執拗に演技のダメ出しをしたのです。飛鳥の精神状態を疲弊させるのはさほど難しいことではありませんでした。どういう言葉を投げかければ、心を深く傷つけることができるのか。それは、女優である真里亜自身が、よく知っていましたから」

その言葉を聞いて、私の心は怒りと悲しみに打ち震えた。なんとか感情が昂るのを抑える。

「やがて飛鳥は、真里亜と距離を置くようになりました。それは、飛鳥に与えたストレスが効果を示し、自信を喪失していたことを意味していました。真里亜は何度もメールを送りました。表面的には、飛鳥を思いやり、心配するような内容のものです。でもなかには演技のことや、役柄に対する不安をあおるようなことも書き添えました。クランクインが近づき、不安になっている彼女の精神状態を、さらに追い詰める効果があることを承知していました。それだけでは不十分だと思い、別のアカウントを作り、匿名で彼女を揶揄するようなものも送りました」

「では、カフェで台本を盗んだのも真里亜さんなのですか？」

「そうです。どんなことをされたら飛鳥は苦しむのか、そのことを考えて彼女は行動しました。台本には演技プランなどを事細かく書いてあることを知っていたので、それがなくなると、飛鳥が困るだろうと思って、盗ったのです」

　私から視線を逸らすと、真里亜は語り続ける。

「飛鳥の精神はどんどん追い詰められていきました。ノイローゼみたいな状態になり、自分がこの映画の主役を演じる資格があるのかと思い悩んでいたようです。そしてクランクインの三日前、自ら命を絶ったのです」

　思わず絶句する。

　堪えきれなくなって、静かに目を閉じた。飛鳥への思いが溢れてくる。なんとか心を落ち着かせて、彼女に言う。

「わかりました。では、すべてがあなたの思い通りになったというわけなのですね。飛鳥が死亡したことにより、結果的にあなたが映画の主役に抜擢されたのですから」

すると、真里亜は意外な表情を見せた。なぜか戸惑ったような表情を浮かべている。困惑したままの顔で彼女は言う。

「それが……そんな単純な話ではないのです。ここから先は、どのようにお話を進めていけばいいのか……」

真里亜は口を閉ざした。私は言葉を投げかける。

「単純な話ではないというのは、どういうことですか。お願いです。教えてください」

少し考えるような素振りを見せて、彼女は言う。

「わかりました……。それではお話しします。確かに、真里亜の思惑通りになったというのは、間違いのないことなのでしょう。まさか自殺までするとは思っていませんでしたが、飛鳥がいなくなり、主役の座が空いたのですから……。でも、あなたが今思っているように、他人の死を利用してまで、成功を勝ち取るというのは人としてどうでしょう。生き馬の目を抜く芸能界だけど、あの映画の主役に選ばれることが、人の屍を踏み台にするほどの価値があるものなのでしょうか……」

「ではあなたは、飛鳥が命を絶ったことにより、自分の行いに自責の念が芽生えたというわけなのですね」

「いえ、違います。真里亜ではありません。そう考えたのは、姉の沙耶香です」

「沙耶香さんが？」

「先ほども言ったとおり、彼女は真里亜とは違い、人間性が豊かで、純粋な感性の持ち主でした。病弱で家に引き籠る生活が続いていたのですが、女優として活動している妹のことを、常に気にかけていました。成功するためには手段を選ばないという真里亜のやり方に、苦言を呈することもありました。いい演技をするためには、まずは自分の内面を磨かなければならないと、いつも真里亜を諭していたのです」

そう言うと彼女は、一旦言葉を切った。ひとつ息をつくと、また話し始める。

「飛鳥が亡くなったときもそうでした。妹の行動を知り、彼女は衝撃を受けました。三枝飛鳥は、ある意味、真里亜が殺したと言っても過言ではないからです。沙耶香は妹を自分の部屋に呼び出し、厳しく叱責しました。あなたの行動はすべて間違っていると。今から自分の行いを悔い改め、飛鳥や、その遺族に懺悔するべきだと……。普段は穏やかなはずの姉が、あれほどまでに感情を露わにしたのは、初めてではないかと思います。それほどまでに彼女は純粋で、真里亜に人として正しく生きて欲しかったのでしょう。二人は激しく言い争います。そして、その後に悲劇が起きました。沙耶香はなぜ、あんなことが起きたのか今でも分からないと言います。

妹との口論で激しく頭に血が上り、彼女の記憶が飛びました。沙耶香は幼いころからの持病の所為で、精神的なストレスを抱えると、意識を失ってしまうことがあるんです。そして気がつくと、足元に真里亜が倒れていました。顔面は真っ青で、血の気がありません。慌てて駆け寄ると、彼女はもう息をしていませんでした……」

私は真里亜を凝視した。その言葉の意味がよく分からなかったからだ。思わず彼女に訊く。

「息をしていない……真里亜さんがですか?」

「はい、そうです」

「ちょ、ちょっと待ってください。あなたはそのとき、真里亜さんが死亡したと仰るんですか？」

「ええ、その通りです」

平然とした声で、彼女は言う。

私の頭は激しく混乱していた。この女性は何を言っているのか。事態を正確に把握できなかった。

「真里亜さんが死亡したというのは、どういうことですか。では、あなたは……筧真里亜さんではないのですか？」

その質問に彼女は答えなかった。その代わりに、私をじっと見据えて言う。

「最後まで私の話を聞いていただけると、おわかりになるはずです」

「わかりました。……では、話を続けてください」

釈然としない気持ちのまま、私はそう告げた。その女性は小さく頷くと、また語り始める。

「よく見ると、真里亜の白く長い首には、誰かの手によって絞められた痣が残っていました。沙耶香の脳裏に、飛んでいた記憶の断片が蘇ります。

厳しく行動を咎められた真里亜は、もちろん納得することなどありませんでした。そんな甘いことを言っていたら、女優として成功することなど出来るわけがない。真里亜は激しく沙耶香を罵りました。人間性を否定するような罵詈雑言を彼女に浴びせたのです。そしてこう言い放ちました。売れるためには、どんなことをしても構わない。例えそれが人殺しでも……。

なぜ、妹がこんな人間に成り果てたのか。見た目は美しいけれど、内面には悪意が満ち溢れた怪物のような人間に……。沙耶香は真里亜のことを哀れに思いました。女優という夢のためとはいえ、こんなにもおぞましい負の感情を抱えたまま生き続けるのは、どんなに辛いことなのか……。そんなことを考えていると、自然と彼女の両手は、真里亜の首に伸びていたということなんです」

そこまで言うと、彼女は一旦口を閉ざした。呼吸を整えると、また言葉を続ける。

「でも我に返って、真里亜の遺体を見ると、彼女は自分が取り返しのつかないことをしたと悟ります。妹の亡骸にすがると、涙が止めどなく溢れ出してきました。怪物のような悪意に取り憑かれていたとはいえ、血を分けた実の妹です。自責の念が、沙耶香を激しく苛みました。透き通るように純粋だった彼女の心は、真里亜を殺したという衝撃によって壊れていきます。そして彼女はある決意をするのです。

彼女は三女の美津紀を呼び寄せ、すべてを打ち明けました。そして、妹を殺害したという極限の錯乱状態のなかで、ある驚くべき考えを語るのです。それは、まずは真里亜の死を隠蔽することでした。彼女の遺体を人知れず運搬し、どこかに隠すのです。そして、彼女が死亡したことを知られぬよう、沙耶香自身が妹に成り代わり、筧真里亜を演じるというものでした」

その言葉を聞いて、私は唖然とする。

真里亜を演じる――

すぐには意味が理解できなかった。彼女は何を言っているのか。

「美津紀は最初、その話を聞いて協力を拒みました。到底うまくいくはずがありません。でも必死に説得されて、徐々にその気持ちは揺らいでいきます。美津紀は、ずっと真里亜を憎んでいました。幼いころから彼女は奔放で、母が亡くなってからも、その性格は変わりませんでした。女優を目指すのはいいのですが、病弱な姉の世話や家のことはすべて美津紀に押しつけて、自由気ままに生きていたのです。さらに真里亜は成長するにつれて、病気で苦しむ姉を見下す発言をしたり、家計のためにアルバイトに勤しむ妹を口汚くなじることもありました。美津紀はそんな姉に対し、嫌悪感を抱いていたのです。

だから彼女は、真里亜が死んだと聞いても、一滴の涙も出ませんでした。それよりも、妹を殺したことで、精神的に追い詰められていた沙耶香のことが心配でした。最初は警察に連絡して、真里亜の死亡を告げるべきだと思いましたが、それで沙耶香が逮捕されるのは可哀想です。なんとか姉を守ってあげたい。そのためには、彼女の提案通り、真里亜の死を隠蔽することが最適ではないかと思うようになったのです。それに、沙耶香が成りすませば、真里亜が死亡した事実は明らかになることはなく、姉も逮捕されることもありません」

彼女は切々と語り続けた。私は驚天動地《きょうてんどうち》の思いで、耳を欹《そばだ》てている。

「美津紀は、沙耶香の提案を受け入れることにしました。まずはレンタカーを借りて、二人で真里亜の遺体をトランクに詰めました。山奥まで車を走らせ、森の奥深くの土中に遺体を埋めました。家に戻ると美津紀は、真里亜のスマートフォンのロックを解除して、送られてくるメールやSNSに返信しました。真里亜が生存していることを偽装するためです。美津紀はIT関係の会社に勤めており、スマホのロックを解除する方法を知っていました。真里亜が事務所に所属しておらず、フリーランスで活動していたのも幸いでした。もしマネージャーがいたら、彼女の死亡は発覚していたかもしれないからです。

それから沙耶香は、真里亜の服を着て、髪型やメイクを真似るようなことを始めました。二人は背格好も同じで、顔立ちもよく似ていたので、着飾るとそっくりでした。沙耶香も、真里亜に負けず劣らずの美貌の持ち主なので、とても魅力的な女性に変貌しました。

そして翌年、二人はある告知を目にしたのです。それは、『殺す理由』がまた制作されることになり、主演女優を募集するというものでした。沙耶香は美津紀に、驚くべき提案をします。それは、沙耶香自信が妹になりきって、〝筧真里亜〟としてオーディションを受けるというものでした」

「オーディションを受ける？　沙耶香さんが」

「そうです。でも美津紀は懐疑的でした。いくら姉妹で似ているとはいえ別人です。オーディションを受ければ、さすがに違う人間であることが分かってしまうのではないかと思ったのです。でも沙耶香は、美津紀を熱心に説得しました。今回の映画化は、監督はじめ、プロデューサーなどのスタッフが去年とはまったく違うこと。そして『筧真里亜』としてオーディションを受ければ、真里亜の死亡を隠蔽する、格好の偽装となることを……。

確かに、去年と違うスタッフであれば、別人であることが発覚する可能性は低いのかもしれません。幸いなことに、真里亜は無名の女優なので、さほど顔は知られていません。万が一、以前の真里亜のことを知っている誰かに会ったとしても、多少の違和感は、自分の頭のなかで勝手に補完するのではないかと思ったのです。数年ぶりに会った年ごろの女性が、大きく変貌を遂げていることはよくあることです。それに、沙耶香は女優としての経験は皆無でした。演技の勉強などもしたことがありません。だから美津紀は、彼女がオーディションに参加しても、すぐに落とされるだろうと思っていたのです。彼女は姉の提案を受け入れ、オーディションに参加することを同意しました」

一点を見据えたまま、彼女は言う。

「でも、それは大きな間違いでした。沙耶香はオーディションを勝ち抜いて、主役の座を射止めてしまったのです。その報せを聞いたときは、美津紀も驚きました。彼女には、女優としての天賦の才能があったのでしょうか。それとも、幼いころから世俗の垢にまみれることのなかった無垢で純粋な感性が、監督やプロデューサーの心に響いたのでしょうか。

もしかしたら沙耶香の胸のうちにはずっと、女優に対する憧れがあったのかもしれません。母親が女優だったことも、影響していたのでしょう。でも病気のことがあったので、それがままならなかった。だから、その夢を次女の真里亜に託していたのではないかと思うのです。でも沙耶香は彼女の命を奪ってしまった。だからせめてもの罪滅ぼしにと、真里亜に成りすまして、夢を叶えてあげようとしたのです。そして、妹が成し遂げられなかった夢を、沙耶香は摑み取ったのです」

そこまで言うと、女性は口を閉ざした。

か細い声で「いただきます」と告げ、私が用意したペットボトルに初めて手を伸ばした。キャップを外し、喉を潤している。私は、釈然としない気持ちを抱えたまま彼女に言う。

「驚きました……。ということは、高柳さんの取材を受けていたのは、真里亜さんではなかったのですね」

「その通りです。真里亜ではありません。取材を受けていたのは、筧真里亜に成りすました、姉の沙耶香だったんです」

私は思わず黙り込んでしまった。俄には信じがたい発言である。

筧真里亜に成りすましていた――

姉の沙耶香が……。

まさか――

彼女の言葉が真実かどうかは、今の時点ではわからない。でももしそうだとしたら、多くの疑問が解消することは否めない。

高柳のルポと、私の取材では「筧真里亜」の印象が著しく異なっていたことも、沙耶香が真里亜を演じていたとしたら一応の説明が付く。この女性の話では、沙耶香は幼いころから病気のため、部屋に閉じ籠りがちだった。そのために、世間ずれしておらず、とても純粋な感性の持ち主だったというのだ。高柳は二ヶ月以上に及んだ取材を通して、彼女のことを「透き通るような純粋な心の持ち主」で「聖女という言葉が相応しい女性である」と表現していた。私が高柳から直接話を聞いたときも、それは誇張でも大袈裟な表現でもなく、本当にそう思ったから書いたと話していた。それもそのはずである。彼女が取材したときは、真里亜ではなく沙耶香だったからだ。だから二つのルポでは、筧真里亜という一人の女優を取材しているにもかかわらず、正反対の印象が得られるという矛盾が生じたのである。

真里亜（を演じていた沙耶香）が自殺を決行したとき、部屋にあったノートに遺書のような文字が書かれていた。

――ごめんなさい。本当にごめんなさい。許してください。やっぱり私は、あなたの夢を叶えられそうにありません――

今の彼女の話を聞くと、その言葉の意味も理解できる。高柳はルポのなかで、これは美津紀に向けて書いたメッセージではないかと推測していた。それに反して私は、自殺した三枝飛鳥に宛てたものであると考えていた。だが結局、そのどちらでもなかった。これは、沙耶香が死亡した真里亜に宛てて書いたものだったに違いない。「ごめんなさい。本当にごめんなさい。許してください」とは、命を奪ってしまった妹に対する贖罪の意味。「あなたの夢を叶えられそうにありません」とは、彼女の女優の夢を受け継いで、苦悩していた沙耶香の感情を吐露したものだったのである。

高柳が取材していた「筧真里亜」は、全くの別人だった——

そう考えると、助監督の福井の証言にあった、整形していたのではないかという疑惑についても納得がいく。さらに、この女性の話が真実ならば、筧真里亜の性体験の矛盾に関しても説明することができる。幼いころから、部屋に閉じ籠りがちで、外部との交流はあまりなかったという沙耶香。もしかしたら彼女には「男性経験」がなかったのではないか。霊能力というものが存在するかどうかは分からないが、霊能者の東城呉葉は、沙耶香の独特の感性を察知していたのかもしれない。そのことを確かめると、彼女はこう言った。

「仰るとおりです。真里亜とは違い、沙耶香は純潔でした。男性との性交渉も、交際したことすらなかったのではないかと思います」

殺害した妹になりきって、筧真里亜を演じ続けた沙耶香。本当の真里亜は、男性関係が乱れていたけれど、彼女を演じていた沙耶香は、男性と交際すらしたことがない女性だったというのだ。先ほどこの質問をしたとき、彼女は何か逡巡するような顔を浮かべた。それはこういう事情があったからだ。だからどう答えていいか分からなかったのだろう。

沙耶香はどんな思いで、映画の主演に臨んでいたのだろうか。女優としての才能はあったかもしれないが、経験は皆無だったはずだ。それもいきなり主役を演じるのである。相当のプレッシャーだったのではないか。そのことを質問すると、彼女はこう答えた。

「そうだと思います。沙耶香は相当悩んでいました。主演であり、実在の女殺人鬼という、ただでさえ難しい役でしたから。彼女は、あまりにも繊細で純粋すぎたのです」

「ということは、ルポに描かれていた、主人公の感情が分からないと言って思い悩む姿や、自殺を図るまでに追い込まれてしまった心情は、嘘偽りなく、本当のことだったんですね」

「ええ、そうです。しかも沙耶香は、それだけではなく、自らが殺してしまった『筧真里亜』も演じなければならなかったのです……。クランクインが迫るにつれて、彼女の精神はどんどん蝕まれていきました。役柄が見えないという苦悩。命を奪った真里亜に対する贖罪の念。なんとか彼女の夢を叶えてあげたい。でも自分には無理かもしれない……。そんなプレッシャーが沙耶香を追い詰めていきました。祈禱のときに、涙を流していたのも、今は亡き真里亜のことを考えていたのではないかと思います」

「では、彼女が降板したのは、やはりそのプレッシャーに耐えられなくなったということですか?」

「ええ、先ほど私が話した通りです。そのときの沙耶香の心情を推し量って代弁しました……。嘘偽りはありません」

「今、沙耶香さんはどうされているんですか」

「誰にも会いたくないと、東京から遠く離れた場所で、ひっそりと暮らしています。身体の具合もあまりよくないみたいです。もしかしたら、この先あまり長くはないのかもしれません」

「そうですか……」

そのとき私は、天を仰ぐような気持ちだった。まるで想像もしていなかった話を聞かされたからだ。確かに飛鳥の死は、告発ブログが指摘していたとおりだった。私の恋人が自ら命を絶った原因には、やはり筧真里亜が深く関与していたのだ。私はそれを白日の下にさらし、懺悔させるために今回の取材を始めた。

だが、真里亜はもうこの世にはいないという。もしそれが真実ならば、彼女を罪に問うことは出来ない。遣りきれない思いでいっぱいだった。

ふと目を向けると、対面のビルの窓に点々と光が灯されていた。いつの間にか日は落ちて、外は夜の帳《とばり》が下りていた。

「いろいろと教えてもらい、ありがとうございました。どうして私にすべてを話してくれたんですか」

「先ほど申し上げたとおりです。いずれ誰かには、打ち明けなければならないと考えていました。私一人では、もう抱えきれないと思っていましたので」

「わかりました……。それではもう一つ教えてください。あなたは……」

そこまで言いかけて、口を閉ざした。その質問は、聞くまでもないことだった。その代わりに、私は別の問いかけをする。

「申し訳ないのですが、話を聞いた以上、私はこの事実を公にしなければなりません。沙耶香さんもあなたも罪に問われるかもしれません。それでもいいですか」

すると——

彼女の両目から涙がこぼれ落ちる。そしてゆっくりと立ち上がった。

「もちろんです……。助けてください。私と姉を……この苦しみから……。お願いします」

そう言うと女性は涙ながらに、深々と頭を下げたのである。


〜〜

〜〜

江崎氏から送られてきた原稿は、ここで終わっていました。これを読んで、しばらくの間言葉が出ませんでした。まったく予想外の内容が記されていたからです。

原稿に書かれていたことが事実だとすると、本書に最初に掲載した高柳みき子氏のルポ「夢の途中」の〝筧真里亜〟は、長女の沙耶香が成りすましたものだということになります。さらに、江崎氏の原稿のなかで、筧真里亜として取材を受けていたのも、彼女ではなかったというのです。江崎氏の取材を受けていたのは、会話のやりとりから、妹の美津紀だったと推測できます。

つまり、二つ目のルポ「証言」で江崎氏が取材した、関係者が証言した〝筧真里亜〟は彼女自身であり、三つ目のルポ「消えた女優」で、インタビューを受けていたのは、真里亜ではなく、三女の美津紀だったのです。

ということは、三つのルポで取材した〝筧真里亜〟は、すべて別人だったということになります。

一体なぜ、三女の美津紀まで〝筧真里亜〟を演じていたのでしょうか。体調が悪化したという沙耶香の代わりを務めていたのかもしれませんが、それならばなぜ、江崎氏にすべてを打ち明けたのでしょうか。

さらに不可解なことがあります。原稿のなかで語られていたことが、未だ刑事事件として立件されていないようなのです。原稿には、沙耶香は筧真里亜を殺害し、美津紀と二人で遺体を山中に埋めたという記述があります。江崎氏も、美津紀と思しき女性に「この事実を公にしなければなりません」と述べていました。でもこの取材が行われてから四年以上が経った今も、一切の報道を目にすることはありません。それどころか、〝筧真里亜〟は大手芸能事務所であるGMグループに所属し、華々しく女優としての活動を再開しています。原稿の証言が正しければ、真里亜はもうこの世にいないはずなのです。GMグループに所属した〝筧真里亜〟とは誰なのか。沙耶香なのでしょうか。それとも美津紀なのでしょうか。

　そして江崎氏の消息も気になります。彼は四年前に、取材を取りやめるメールを送ってきたきり、ずっと音信不通の状態でした。なぜ今になって、この原稿だけを送りつけてきたのでしょうか。もちろん今回も江崎氏と連絡を取ろうとしましたが、依然としてメールの返信はなく、携帯番号にかけても応答はありません。

　彼の真意は測りかねますが、私は改めてこのルポルタージュを出版するべきだと強く思いました。もしかしたら江崎氏も、原稿を世に出してほしいと願って、送ってきたのかもしれないのです。すぐに上司に掛け合い、原稿を提示して、出版の必要性を訴えました。ここに書かれていることが事実であれば、私たちにはそれを公表する社会的義務があります。上司は検討すると、私の提言を保留にしました。

　後日、私は上司に呼び出され、やはり出版は難しいと言われました。理由について訊くと、「幹部の間でも検討したが、この原稿だけでは、その女性の証言が真実なのかどうか、判断できない。もしかしたら、送られてきた原稿は、江崎氏が書いた創作の類かもしれない。女性の証言が事実であるという客観的証拠がない限りは、出版は難しい」とのことです。ならば私が、原稿の真偽を確かめるために、追加取材を行いたいと申し出たのですが、それも認められませんでした。前回と同じです。社としては、江崎氏が取材した〝筧真里亜〟のルポルタージュに、一切関与しないと断言されてしまいました。

半ば予想していた返答だったとはいえ、私はその対応に心底落胆しました。GMグループに忖度しての判断であることは間違いありません。確かに江崎氏と連絡が取れない以上、この原稿に書かれたことが本当かどうか、確かめる術はありません。でももし彼女の証言が真実だとしたら、「殺人」という犯罪を封印することになるのです。この事実を明らかにし、公にすることが、我々の責務なのではないでしょうか。出版社という言論機関であるはずなのに、なんという体たらくなのでしょう。私は熟考した上で、辞表を書いて退職しました。

それから、フリーランスの編集者として本書の出版に奔走しました。しかし、どこの出版社も、GMグループに恐れをなして、実現には至りませんでした。百歩譲って、〝筧真里亜〟などの実名は伏し、すべて匿名にして出すのはどうかとも提案したのですが、それでも無理でした。

原稿の裏取りに関しても、芳しい結果は得られませんでした。GMグループが絡んでいるためなのか、関係者らの口は重く、取材は難航しました。警察に通報しようとも考えたのですが、GMグループは政治家や警察官僚とも癒着しているとのことです。万が一の場合は、ルポが握りつぶされる可能性があります。引き続き、江崎氏とも接触を取ろうと試みたのですが、結局消息はつかめませんでした。共通の知人の話によると、ルポライターの仕事も辞めて、田舎に引き籠ったのではないかというのです。

筧真里亜に関するルポルタージュ本の出版は、困難を極めていました。いずれにせよ、賛同してくれる出版社がなければ、自費出版のような形を取るしかありませんでした。

そんなときです。次のような記事が報じられました。私が会社を辞めてから半年後のことです。

伊東市の高級別荘地で火災が発生　ＧＭグループの蒲生満会長が死去

二十三日午前三時ごろ、静岡県伊東市の別荘で火災が発生し、建物が全焼。焼け跡から、別荘の所有者である蒲生満さん（61）の遺体が見つかった。蒲生さんは、大手芸能事務所であるＧＭグループの創業者で会長を務めている人物。出火の原因はわかっておらず、警察と消防が詳しく調べている。蒲生さんは昭和三十五年栃木県Ｙ市に生まれた。平成十一年にＧＭグループを設立。多くの有名俳優やタレントなどを輩出し、日本のエンターテインメント産業の発展に貢献した。

（二〇二一年十一月二十四日付　某紙）

突然の訃報でした。

蒲生満氏はＧＭグループのトップで、芸能界の最高実力者の一人として君臨してきた人物です。そんな蒲生氏の訃報は、芸能界全体に大きな衝撃を与えました。

そして、それに呼応するかのように、芸能界の潮目も徐々に変わってゆきます。ＧＭグループだけではなく、ほかの大手芸能事務所も世代交代やスキャンダルの発覚によって、求心力を失い始めたからです。日本のエンターテインメントビジネスも、大きな変革を迎えるときが来ました。

こうして本書を出版することができたのも、そういった潮流とは決して無関係ではありません。この度、本書を刊行するという大英断を下した新潮社には、感謝の念に堪えません。この場を借りて、御礼申し上げたいと思います。
また、ご自身のルポの収録を快諾して下さった高柳みき子氏、取材に協力していただいた方々、そして何より、江崎康一郎氏には謝意を表します。本書をご覧になりましたら、ご連絡いただけると幸いです。

ちなみに現在は、GMグループのサイトから「筧真里亜」の名前は削除されています。もし彼女に関することや、ルポのなかで語られた事件について、または江崎氏の情報などをお持ちの方は、ご連絡いただければと存じております。

二〇二四年七月八日

補足

山林に男女三人の白骨遺体　山菜採りをしていた男性が発見　山梨

五日午前七時ごろ、山梨県南都留郡の山林で、山菜採りをしていた男性が、土中から露出していた頭蓋骨の一部を見つけ、警察に届けた。

県警が調べたところ、付近の土中から、合計三つの白骨化した遺体を発見。遺体は損傷が激しく、動物が掘り起こした可能性があるとみている。司法解剖の結果、三人の遺体のうち二つは二十～三十代の女性のもので、もう一つは三十～四十代の男性であることが分かった。死後数年が経過しており、死亡時期もそれぞれ異なっていることが判明している。県警は遺体の身元確認を急ぐとともに、死因などの詳しい状況を調べている。

（二〇二二年三月八日付　某紙）

最初に実行したのは小学四年生のときだった。性格の歪んだひどい女だった。私たちはあの女に虐げられていた。いい気味だとおもった。

つぎは今から九年前のこと。そのとき私たちは、ある女のことを疎ましく思っていた。目的の達成のためには、彼女の存在が邪魔だった。女のあとをつけているとき、強い衝動にかられた。背後に忍び寄り、道路に突き落とした。

そのつぎは八年前。彼女が気を失っているときに実行した。可哀想だとは思わなかった。私の目的を達成するには、もう利用価値はなかった。最初は戸惑っていたが、姉は私の提案を受け入れてくれた。

結局、彼女は逃げ出した。行方を突き止めて、説得を試みたが、やはり無理だった。このときばかりは必死に抵抗した。でも許してはくれなかった。姉は苦しみながらも、最期は安らかな表情を浮かべて、私の腕のなかで果てていった。悲しみに打ちひしがれた。誰かに助けてほしかった。逃れたいと思った。

五番目は、姉に会わせると誘い出し、実行した。結局、あの男は恋人でも何でもなかった。ただ「愛し合っていた」と妄想を抱いていただけ。何のためらいもなかった。

そして最後に、あの男をあやめた。彼は知っていたのだろうか。もし知っていたとしたら鬼畜である。それを知りながら、私を抱いていたのだから。

あの夜のことを思い出すとうれしくてたまらない。男の身体が、炎に包まれる。火だるまになって、助けを求めている。もちろん助けるはずなどない。悲鳴をあげながら、床の上でのたうち回る男。その姿を見て、私たちはようやく目的をとげたことを悟る。笑いが込み上げてくる。

注釈

本書は一度校正を終えて、出版作業が進められていましたが、筧美津紀の事件が報じられたので、急遽巻末に関連資料を掲載することにしました。補足したのは、遺体発見を報じた記事と、彼女が逮捕される前にSNSに投稿したコメントです（※現在は削除）。このコメントが投稿されたとき（二〇二四年十月三十日）、ネット上では「怪文書」として話題となりました。現在、事件解明に向けて、取調べが行われているということですが、詳細についてはまだ明らかになっていません。

一体なぜ、美津紀は六人もの男女を殺害したのでしょうか。そういえば、麻生きく江や平山純子の犯罪も、被害者の数は六人でした。そして美津紀も、同じ数の人間を殺したといいます。これは何を意味しているのでしょう。

もしかしたら彼女は、麻生きく江や平山純子に、大きな影響を受けていたのかもしれません。ルポによると、美津紀は平山純子の事件について詳しく知っており、麻生きく江の事件の知識もあったということでした。美津紀の犯行は、「悪女伝承」とそれに酷似した麻生きく江や平山純子の事件を模し、「呪われたシナリオ」などのオカルト的事象を利用した、連続殺人事件だったのです。

もしそうだとしても、一つだけ理解できないことがあります。それは村に伝わるわらべ唄のことです。その唄は、悪女を蘇らせるという言い伝えがあり、村では「絶対に歌ってはいけない」と固く禁じられていた、いわゆる忌み唄というものでした。一体それはどんな唄だったのでしょうか。地元でも、今はその唄に関して知るものはおらず、資料にも残されていません。

しかし、捜査関係者の一人に取材したところ、こんな話を耳にしました。取調べの際に、美津紀が聞き慣れない童謡のような唄を口ずさんでいたというのです。何の唄かと訊くと、それは地元に古くから伝わるもので、絶対に歌ってはいけない唄だと供述しています。彼女はなぜ、その唄を知っていたのでしょうか。美津紀も、はっきりとしたことは分からないといいます。いつのころからかは覚えていないが、自然とその唄が頭に浮かんで、歌うようになったというのです。そういえば「夢の途中」で、彼女は病室の枕元で、真里亜を演じていた沙耶香に向けて、童謡のような唄を歌っていたという記述がありました。それもこの唄だったのでしょうか。

実は麻生きく江も、「聞き慣れない童謡のような唄」を口ずさんでいたという記録があります。平山純子も獄中で、わらべ唄のような「地元に古くから伝わる唄」を歌っていたといいます。それらが同じものであるかどうかは、確かめようがありません。でも、本件の捜査関係者が、平山純子の事件を担当していた元刑事に面会したとき、こんな証言が得られました。捜査関係者が、元刑事に録音した美津紀の唄を聴かせると、純子が歌っていたものと同じ唄のように聞こえるというのです。

この事実は何を意味しているのでしょうか。地元の人の間では歌うことを禁じられ、資料にも残されていない〝忌み唄〟を、なぜ美津紀が知っていたのでしょうか。彼女はそれを知る由もないはずなのに。

最後に〝忌み唄〟と思しき歌詞を掲載して、本書をしめくくりたいと思います。

これは前掲のコメントと同じく、逮捕される前に美津紀がＳＮＳに投稿したものです。なぜ彼女は、禁じられた唄をネットに上げたのでしょうか。もしかしたらこの〝忌み唄〟のなかに、美津紀が残虐な殺人を繰り返した理由が隠されているのかもしれないのです。

ただし、本書でも触れたように、この唄には「歌ってはいけない」「声に出して歌詞を読み上げてはいけない」「歌詞の意味を解いてはいけない」という伝承があります。これらはあくまでも地元の言い伝えですが、念のため、ここに書き記しておきます。

ああたのし　ああたのし
あのおとこはたのし神人《かみびと》じゃ
いまからからだだけでしになさり
おとこのこころに出《い》ずなれば
よきことどめる神人じゃ

ああたのし　ああたのし
あのおとこはたのし神人じゃ
おとこに出ずなりしになさる
こころはさかえもたまゆらに
祝いとどめる神人じゃ

ああたのし　ああたのし

参考文献

『元報道記者が見た昭和事件史』石川清（洋泉社）

この作品は、書き下ろしです。

長江　俊和（ながえ　としかず）

一九六六年生まれ。大阪府出身。テレビディレクター、ドラマ演出家、脚本家、小説家、映画監督。モキュメンタリー「放送禁止」シリーズは、不定期な深夜放送ながら、放送開始から二十年以上を経ても依然カルトな人気を誇り、多くのモキュメンタリーファンを生み出した。小説家、映像作家にもファンが多く、現代ホラーを代表するクリエイターの一人。小説「出版禁止」シリーズは累計で三十万部を突破している。

「出版禁止」シリーズ

『出版禁止』
『出版禁止　死刑囚の歌』
『出版禁止　ろろるの村滞在記』
『掲載禁止』
『掲載禁止　撮影現場』

（すべて新潮文庫）

出版禁止《しゅっぱんきんし》　女優《じょゆう》 真里亜《まりあ》

著者
長江《ながえ》 俊和《としかず》

発行
2025年 4 月 15 日

発行者｜佐藤隆信

発行所｜株式会社新潮社
〒 162-8711
東京都新宿区矢来町 71
電話　編集部 03-3266-5411
　　　読者係 03-3266-5111
https://www.shinchosha.co.jp

装幀｜新潮社装幀室

印刷所｜錦明印刷株式会社

製本所｜加藤製本株式会社

ISBN978-4-10-336175-6　C0093

五葉のまつり　今村翔吾

「よきにはからえ」たったひとことで、前代未聞の任務の火蓋は切られた！　石田三成ら五奉行たちの命と矜持を賭けた挑戦を描いた、歴史お仕事傑作巨篇。

藍を継ぐ海　伊与原新

数百年先に帰ってくるかもしれない。懐かしい、この浜辺に――。人間の生をはるかに超える時の流れを見据えた、科学だけが気づかせてくれる大切な未来。きらめく全五篇。

愛するということは　中江有里

ママ、けいさつにつかまらないでね――。罪を犯しても、愛を夢見た母と、愛を求め諦めて、姿を消した娘。あらゆる母娘に、愛が存在するのかを問う意欲作。

岩に牡丹　諸田玲子

平賀源内の隠し持つものを奪え！『解体新書』の絵師に大抜擢された秋田の武士は密命を帯びて江戸へ。講釈の発禁本、相次ぐ変死など、史実に基づく歴史ミステリ。

猫と罰　宇津木健太郎

吾輩、ニャンと転生⁉　漱石の「猫」の続きを想像力豊かに描き、猫好きの心をがっちり摑んだもふもふ×ビブリア奇譚。日本ファンタジーノベル大賞２０２４受賞作！

ブルーマリッジ　カツセマサヒコ

『明け方の若者たち』で20代の青春を、『夜行秘密』で激情の恋愛を描いたカツセマサヒコが新たに紡ぐ長編は、「結婚と離婚」を鮮やかにえぐる物語――。

笑う森　荻原浩

5歳の男児が神森で行方不明になった。同じ1週間、4人の男女も森に迷い込んでいた。拭えない罪を背負う人々の真実に迫る、希望と再生に溢れた荻原ワールド真骨頂。

のち更に咲く　澤田瞳子

藤原道長の栄華を転覆させようと企む盗賊たち。その正体を追う女房・小紅はやがて王朝を揺るがす秘密の恋に触れ――「源氏物語」の謎を描く、艶やか平安ミステリ。

夜露がたり　砂原浩太朗

「死んどくれよ」と口にしたのは、ほんとうだった。でも……欲に流され、恋い焦がれ、橋を渡ろうとする女と男。苛酷にして哀切、山本周五郎賞作家初の「江戸市井もの」全八篇。

一夜　隠蔽捜査10　今野敏

小田原で著名作家の誘拐事件が発生。劇場型犯罪の裏に隠された真相は――。ミステリ作家と竜崎伸也が、タッグを組んで捜査に挑む！　大人気シリーズ第10弾！

暗殺　赤川次郎

大学受験の朝、駅で射殺現場を目撃した女子学生。上層部に背いて事件を追うシンママの刑事。二人の追及はやがて政界の恐るべき罪と闇を暴き出す。渾身の傑作長篇。

猿田彦の怨霊　小余綾《こゆるぎ》俊輔の封印講義　高田崇史

天孫降臨を先導しながら奇怪な死を遂げた猿田彦大神。博覧強記の民俗学者・小余綾俊輔が謎多き神の正体を突き止めた時、古代史が一変する。歴史謎解きミステリー。